Flug der Pelikane

BENJAMIN LEBERT

Flug der Pelikane

Roman

Kiepenheuer & Witsch

1. Auflage 2009

Umschlaggestaltung: Wiebke Hansen, www.wiebkehansen.de
Umschlagmotiv: © Donald Graham/Gallery Stock
Autorenfoto: © Jim Rakete/photoselection
Gesetzt aus der Minion
Satz: Pinkuin Satz und Datentechnik, Berlin
Druck und Bindung: GGP Media GmbH, Pößneck
ISBN 978-3-462-04095-1

Diese Geschichte ist in Liebe
Andreas Lebert zugeeignet.

Jede Lehre ist ein Floß, das euch über das Wasser ans weit entfernte Ufer trägt, wo ihr es jedoch zurücklassen müsst und nicht etwa mit euch herumschleppen.

BUDDHA

Meine Freunde aus dem Gefängnis fragen mich oft: »Wie gut, wie gut fühlt es sich an, frei zu sein?«
Und ich entgegne ihnen dann ganz rätselhaft:
»Sind denn Vögel nicht an die Himmelswege gekettet?«

BOB DYLAN
Ballad in plain D

Nachts war es auf der Insel der Pelikane sehr laut. Der Wind heulte, das Wasser peitschte gegen die Felsen. Und viele der Männer wimmerten und schluchzten.

ICH WILL VON EINEM SOMMER erzählen, den ich zusammen mit vier amerikanischen Gangstern verbracht habe. Zwei von ihnen waren Brüder, stammten aus dem Süden des Landes. Aus Ruskin, Florida, einer wilden, bewaldeten Gegend, wo Mokassinschlangen und Alligatoren lauerten. Der dritte war ein finsterer Geselle. Ausgesprochen intelligent. Hatte schon in mehreren Gefängnissen gesessen, war aber auch schon aus mehreren wieder ausgebrochen. Von dem vierten sagten manche, dass er gar kein Mensch war. Ein hinterlistiges Wesen, dem man in keiner Sekunde trauen konnte.

Für mich begann dieser Sommer schon im April, genau eine Woche nach meinem vierundzwanzigsten Geburtstag. An einem frühen Morgen, als Eleanor aus dem Nachtleben in unsere Wohnung zurückkam. Am Anfang war ich noch dabei gewesen. Wir hatten uns im Schanzenviertel mit ein paar Leuten getroffen. Aber ich hatte, wie so oft, früh schlappgemacht und war gegangen. Ich habe nicht ihren harten Pulsschlag, der einen durch die Nacht peitscht. Und außerdem musste ich, als wir in der Koje-Bar auf einer dieser braunen Ledercouchen saßen, an den alten Herrn Lippmann

denken, den ich an diesem Tag auf meiner Tour für die Caritas besucht hatte. Bei ihm blieb ich immer nur kurz. Ich musste ihm die Linsen in die Augen setzen. Er sagte jedes Mal: »Das ist Blödsinn. Ich bin doch schon blind.« Aber sie nahmen ihn trotzdem nicht von meiner Liste. Und ich war, ehrlich gesagt, froh darüber. Die Besuche bei ihm gehörten zu meinen liebsten. Er besaß ein Faible für Gärten. Damit hielt er sich über Wasser. Er hörte viele Sendungen darüber. Rezitierte für sich selbst Merkmale verschiedener Pflanzenarten. Einmal, daran kann ich mich noch erinnern, erzählte er mir vom gemeinen Ferkelkraut. Und meinte, dass eine so schöne gelbe Blume diesen Namen nicht verdient hätte.
Zusammen mit seiner Frau hatte er einmal einen Garten gehabt. Jetzt wohnte er allein in einer 1½-Zimmer-Wohnung. Und ich fragte mich, ob solche geistigen Gärten einem auch in den Abendstunden weiterhalfen oder ob sie dann in der Einsamkeit der Nacht versanken. Ich weiß, dass es einem nicht gerade den richtigen Kick gibt, wenn man beim Ausgehen an Herrn Lippmann und solches Zeug denkt.
Zu dieser Zeit teilten Eleanor und ich uns einen Wohnungsschlüssel. Sie hatte den zweiten Mitte Februar einer Freundin gegeben, die sie noch aus Schultagen kannte und die von Freiburg nach Hamburg gekommen war, um ihren leiblichen Vater ausfindig zu machen. Ein zartes, blond gelocktes Wesen, Hörakustikerin. Sie wohnte bei uns. Und keine Woche war es her, da hatte

sie ihn auch wirklich gefunden, den Vater. Im Media-Markt, Wandsbek. Das war nicht gerade ein Segen für sie. Nach den ersten beiden Treffen saß sie weinend in unserer Küche: »Alles, was ich auf mich genommen habe, die Kraft, die mich das gekostet hat – nur um dann zu merken, dass mein Vater ein blöder Depp ist.« In dieser Stimmung fuhr sie dann auch kurz danach wieder nach Hause. Bahnhof Dammtor, Gleis 4, weiß ich noch. Und mit ihr fuhr unser Schlüssel.

Als Eleanor in dieser Nacht ankam, läutete sie Sturm. Ich kroch verschlafen aus dem Bett. Es war eiskalt im Flur. Wieder mal hatte der Wind das kleine Fenster zum Hinterhof aufgedrückt. Ich öffnete die Tür.

Das Tanzen, das Saufen und was weiß ich noch alles hatten bei ihr Spuren hinterlassen. Ihr schwarzes Augen-Make-up war verlaufen. Ihre kurzen Haare klebten ihr an der Stirn. Ihre Wangen glühten. Ich blinzelte in ihr verschmiertes Gesicht. Sie sagte kein Wort. Es umgab sie diese tiefe, mysteriöse Eleanorstille, die ich so liebte und die mich, egal, was ich gerade tat, innehalten ließ und sofort zum Schweigen brachte. Sie sah mich nicht an. Sie ignorierte mich. Auf ihren langen, dürren Beinen und in ihrer schwarzen zerrissenen Strumpfhose lief sie hastig und ein bisschen taumelnd durch die Wohnung und kramte verschiedene Sachen zusammen. Ich weiß noch, dass ich die ganze Zeit fröstelnd an die Wand gegenüber der Wohnungstür gelehnt stand. Ich wartete ab, was geschehen würde. Ich hatte nur eine Unterhose an und mein Batman-T-Shirt, das ich als

kleiner Junge von einem Kindergärtner geschenkt bekommen hatte. Damals war es viel zu groß, jetzt passte es. Batman war schon immer mein großer Held gewesen. Weil er so viel Dunkles in sich barg. Und trotzdem ein Held war.
Dann kam sie zu mir und nuschelte: »Weißt du eigentlich, dass Schollen, wenn sie klein sind, noch aussehen wie ganz normale Fische? Erst wenn sie größer sind, werden sie platt. Und ein Auge dreht sich nach oben.«
Sie wartete auf keine Antwort.
Sie nahm ihre Tasche. In der offenen Wohnungstür drehte sie sich noch mal um. »Tut mir leid.«
Erst drei entsetzlich lange Tage und Nächte später, in denen sie nicht zurückkam und für mich nicht erreichbar war, wurde mir bewusst, dass sie mit diesen Sätzen unsere ganze Geschichte beendet hatte.
Irgendwer hat mir mal gesagt, was man machen soll, wenn einen die Frau verlässt. Man soll nicht trauern! Man soll sich so bald wie möglich hinsetzen, mit einem wunderschönen Bogen Papier und einem Montblanc-Füller, und eine Liste machen. Alles aufschreiben, was man immer schon machen wollte und jetzt tatsächlich machen kann, weil die Frau nicht mehr da ist. So was wie durch Südamerika trampen kann da draufstehen, ein Mountainbike kaufen, zum Champions-League-Endspiel fahren. Frauennamen können da natürlich auch draufstehen, auf der Liste. Nun, um es vorwegzunehmen: Das war sicherlich nicht der beste Rat, den ich jemals bekommen habe. Aber auf

der Liste, die ich nach zwei Wochen anfertigte, stand auch, an neunter Stelle: Onkel Jimmy, Pfannkuchen, New York.

BEI JIMMY GAB ES nicht nur Pfannkuchen. Auf seiner Speisekarte standen über 150 Gerichte. Sie umfasste einfach alles, vom heißen Roastbeef mit geschmolzenem Mozzarella bis hin zum Deluxe-Burger für Vegetarier. Es gab den Hinweis: *Breakfast all day, open seven days a week, free delivery*. Eine ganze Seite widmete sich *Jimmy's famous creations,* die Namen trugen wie *Curios George* und *Notorious Nick*. Wenn man nur diese Karte hatte, um sich ein Bild zu machen, sah man höchstwahrscheinlich eine ganze Heerschar von Kellnern und Köchen vor sich, die in weißen Schürzen herumwirbeln. Die Wahrheit sah anders aus. *Jimmy's Grill & Luncheonette* in der 22sten Straße in Manhattan, zwischen sechster und siebter Avenue, war ein einziger, schwarz und weiß gekachelter Raum von höchstens 30 Quadratmetern, auf denen gekocht, gebraten, gegrillt, gegessen, gezahlt und geredet wurde. Die Wahrheit ist, es gab hier fünfzehnmal mehr Speisen als Sitzgelegenheiten. Exakt zehn Barhocker waren entlang der niedrigen, horizontal zum Eingang verlaufenden Theke aufgestellt, von der, egal, wie voll es gerade war, wie viele Pancake-Bestellungen durch die schwere Luft wirbelten und wie viele Bratkartoffeln gegenüber auf der verkrusteten Grillfläche lagen, immer eine angenehme Ruhe ausging. Diese blasse Theke, auf der ein paar Serviettenspender und Ketchup- und Senfflaschen aus Plastik platziert waren, vermittelte einem das Gefühl: »Setz dich hin, iss deine Eier. Was dann kommt, passiert sowieso.« Die Barhocker hatten silberne Gestelle und runde gepolsterte Sitzflächen, die mit schwarzem Kunstleder überzogen waren. Die Sitzflächen waren um 360° drehbar. Jimmy hatte darauf größten Wert gelegt. Das hatte mir der alte Francis, einer seiner drei Mitarbeiter, einmal erzählt. Mit seiner eindrucksvollen Stimme, die sich so anhörte, als hätte er Zeit seines Lebens immer wieder gegen die heftigsten Stürme anbrüllen müssen.

»Warum denn?«, hatte ich gefragt.

»Ein klein bisschen mehr Freiheit. Er meinte, darauf kommt's an, besonders an einem Tag in New York City.«

Aber mit diesem klein bisschen Freiheit war es, ehrlich gesagt, nicht so weit her. An der Theke sitzend konntest du dich genau genommen keinen Millimeter bewegen, ohne an das Knie deines Nebenmannes zu stoßen.

Im Luncheonette herrschte fast immer ein sagenhafter Trubel. Jimmy und seine Jungs arbeiteten in unfassbarer Geschwindigkeit. In meinem New-York-Reiseführer von *National Geographic* steht der Satz: »Geschwindigkeit ist eines der wichtigsten Gesetze, denen man in Manhattan unterworfen ist.« Ob das wirklich für jeden Winkel Manhattans gilt, kann ich nicht sagen. Dieser schmale Streifen von Chelsea jedenfalls hatte sich dieses Gesetz auf die Fahnen geschrieben, so viel ist sicher. Die Worte *scrambled eggs* durften den Mund eines Gastes noch nicht vollständig verlassen haben, da mussten die Eier praktisch schon braten. Und der dicke, schnauzbärtige Kolumbianer Zac, der zweite Mitarbeiter von Jimmy, briet, während er den Gästen seinen weißen Rücken zuwandte, was zu braten war. Francis sorgte für Kaffee und andere Getränke. Jimmy packte in einem einzigen Bewegungsablauf das Essen in Tüten, reichte diese aus dem Fenster zu den Kunden auf der Straße, kassierte beim Ladeneingang, an der Kasse, bei den Leuten, die den Grill verließen, und nahm Bestellungen am Telefon entgegen. Das Telefon läutete ständig. Wenn er den Hörer abhob, sagte er immer nur: »Jimmy's, hold on!« Und donnerte ihn wieder auf die Theke oder sonst irgendwohin und wickelte noch schnell zwei überfällige *Ham and Egg Burger* ein, bevor er sich wieder dem Anrufer widmete. Die meisten Leute, die am Apparat waren, begrüßte er dann mit Namen. »Hey, Jerry, was kann ich für dich tun?« Und noch während Jerry aufzählte, wonach ihm an diesem Morgen der Sinn stand, brüllte Jimmy nach hinten zu Francis. »Hast du jetzt diesen *Frozen Coffee* gemacht oder nicht?« Und der Alte, der das versäumt hatte, holte dann mit betretener Miene einen Kübel Eis aus dem Kühlfach und löffelte die Eiswürfel in einen 30 cm hohen Pappbecher. Jimmy schüttelte den Kopf. »Mann, unglaublich! Das hier ist nicht der richtige Ort, um ein Nickerchen zu halten!« Und während das Tele-

fon aufs Neue läutete, war er schon dabei, Zac zu helfen, schnitt mit zwei Handgriffen Bagels auf und warf sie aufs Grillblech. Zwischendurch führte er Gespräche mit seinen Gästen:
Jimmy: Hey, wie geht's?
Gast: Gut. Solange du da bist, geht's mir gut. Und du weißt ja, es ist Freitag.
Jimmy: Ja, es ist Freitag. (zögert) Aber ziemlich bald ist wieder Montag.
Jimmy sagte zu den Leuten Hey Fellow, Kid, My friend. Zu jedem Gast sagte er, bevor dieser das Luncheonette verließ: Have a good one oder Take it easy.

Onkel Jimmy war neunundvierzig Jahre alt. Er war ungefähr 1,80 m groß, hatte breite Schultern und im Gegensatz zu Zac und Francis nie ein Servieroutfit mit Schürze und so weiter an und auch keine Schiffchenmütze auf dem Kopf. Er trug immer enge, einfarbige T-Shirts, die seine kräftigen Oberarme zur Geltung brachten. Seine Haut hatte eine südländische Bräune. Er hatte ein klares Gesicht und ernste, braune Augen, die manchmal spöttisch aufleuchteten. Und markante Augenbrauen. Sie sahen ein wenig wie zielgerichtete kleine Blitze aus. Betrachtete man seine Unterlippe, hatte man den Eindruck, es fehlte ein kleines Stück. Ziemlich genau in der Mitte, im oberen Bereich. Jimmy hatte einen abstrakten Kompass auf den rechten Unterarm tätowiert und auf dem linken, an genau der gleichen Stelle, ein Herz mit der Aufschrift *Elaine*.

Am kleinen Finger seiner rechten Hand trug er einen schlichten Ring. Er konnte gut mit Frauen.
Eine ausnehmend hübsche, asiatische Kundin, vielleicht fünfundzwanzig, sagte mit flatternder Stimme: »Hi, Jim.«
Jimmy blickte sie zwei Sekunden ganz intensiv an und gab dann als Gruß ein beiläufiges »Wow« zurück. Und wandt sich einem Typen vor dem Fenster zu.
Seine Art, eine Frau verrückt zu machen.
Neben der Geschwindigkeit herrschte im Laden ein zweites, noch viel bedeutenderes Gesetz, und das war mit einem einzelnen Wort verknüpft. Dieses Wort hieß *sure*. Was auch immer geordert oder gewünscht wurde, die Antwort war stets die gleiche, und sie musste ohne Verzögerung fallen: sure.
Noch einen Orangensaft, bitte! – Sure.
Mehr Sirup! – Sure.
Habt ihr zufällig einen Stift für mich? – Sure.
Selbst wenn ein Gast seine ganz eigene, spezielle Auffassung davon hatte, wie sein Burger beschaffen sein sollte, weil sein Bruder in Florida ihn immer auf diese eine Weise zubereitete, lautete die Antwort: sure. Und er bekam den Burger genau so serviert, wie er ihn haben wollte. In unregelmäßigen Abständen wurden Sonderwünsche auch in die Speisekarte aufgenommen, die dadurch immer mehr Gerichte umfasste.
An den Wänden im Luncheonette hingen diverse Zeugnisse, Urkunden und Bescheinigungen, die Onkel Jimmy im Laufe seines Lebens gesammelt hatte. Da-

runter befanden sich Highschool-Zeugnisse, Arztatteste, Baseballurkunden und Fahrzeugscheine. Dort hing auch das Zeugnis für ein abgeschlossenes Studium der Wirtschaftswissenschaften, das er im Alter von vierundzwanzig für einen Freund gefälscht hatte. Aber es war nicht anzunehmen, dass der mit diesem Zeugnis einen Siegeszug durch die internationale Wirtschaftswelt angetreten hatte.

Die Wände im Luncheonette waren hellblau angestrichen. Eine Farbwahl, für die Onkel Jimmy im Laufe der Jahre immer mal wieder Schelte von seinen Bekannten und vor allem von seinen Freundinnen bekam. Er erwiderte immer nur: »Was habt ihr denn? Ist doch 'ne Spitzenfarbe!«

Am hinteren Ende der Theke standen an die Wand gerückt zwei überdimensional große Kühlschränke mit einsehbaren Schiebetüren, die bis obenhin aufgefüllt waren. Der eine mit Tropicana-Säften in Tetra-Packungen, der andere mit riesigen Kübeln Eiscreme von *Ben & Jerry's*. Auf dem ersten Kühlschrank schrie ein winziger, viereckiger Fernseher den Gästen voller Inbrunst entgegen. Man sah Nachrichtensendungen, Naturdokumentationen, dicke, hysterische Kellnerinnen in Talkshows. Ganz hinten im Laden, noch hinter den Kühlschränken, befand sich ein einzelnes rundes Tischlein mit einer hellgrauen Tischplatte aus Stein und zwei Stühlen. Das war einmal Zacs Kücheneinrichtung gewesen. Doch nur wenige Tage vor meiner Ankunft in New York hatte er zu Jimmy gesagt: »Was soll ich denn damit? Ich sitze sowieso nie in meiner Küche. Ich hasse meine Küche, sie erinnert mich immer an Carmina. Im Laden kannst du das Zeug doch eher brauchen. Zum Beispiel den Tisch, willst du den?«

»Sure«, hatte Jimmy geantwortet und den Tisch und die zwei Stühle an einem Mittwochabend mit seinem Bus abgeholt und im Luncheonette aufgestellt. Aber während der Zeit, die ich in Manhattan verbrachte, zwängte sich nie ein Gast dort hinter die Respekt einflößenden Kühlschränke.

Die Insel Alcatraz liegt inmitten der Bucht von San Francisco, knapp zwei Kilometer vom Dock des Hafens der Stadt entfernt und in unmittelbarer Nähe der Anfang der 30er-Jahre errichteten und 2,7 km langen Golden Gate Bridge, einer der berühmtesten Brücken der Welt.

Benachbarte Inseln sind Treasure Island und Angel Island.

Alcatraz ist etwa 5 Hektar (85 000 Quadratmeter) groß und besteht aus Sandstein, der steil und bis zu einer Höhe von 41 Metern aus dem Wasser emporragt.

Tausende Jahre lang wurde die Insel höchst selten von Menschen besucht. Nur Indianer der Stämme Ohlone und Miwok paddelten in ihren Kanus nach Alcatraz, um dort nach Vogeleiern zu suchen und an den Ufern zu fischen.

ONKEL JIMMY WAR IN WIRKLICHKEIT gar nicht mein Onkel. Er war nicht mal mit mir verwandt. Die Sache verhielt sich ein klein wenig anders. Sein richtiger Name lautete Juan Ignatio Hermandez. Er stammte aus Gustavo A. Madero, einem sehr dicht bevölkerten Stadtteil von Mexiko-City, den er im Alter von zehn Jahren zusammen mit seiner dicken, lebensfrohen Tante Marina und seinen beiden älteren und stärkeren Cousins Andres und Luis in einem überhitzten, mit nur wenigen Koffern und ein paar Stofftaschen beladenen, nach Obst riechenden VW-Bus in Richtung Amerika verließ. Er saß zwischen den Cousins auf der Rückbank. Und Onkel Jimmy sagte, er habe von dieser Fahrt einen kleinen Erinnerungsfilm im Kopf. Auf dem war zu sehen, wie die drei sich gegenseitig unsichtbare Bilder auf ihre Rücken malten, während Marina ihnen vorne von Amerika vorschwärmte. »Vor allem aus heutiger Sicht finde ich das ein bisschen merkwürdig«, sagte Jimmy, »denn Tante Marina hatte eigentlich ein Handicap. Sie stotterte ziemlich stark. Als Junge habe ich mich oft heimlich über sie lustig gemacht. Aber auf dieser Fahrt, so viel ist sicher, hat sie die ganze Zeit über geredet.« Er erklärte mir außerdem, dass solche Kleinbusse immer eine Rolle in seinem Leben gespielt hatten. In einem hellblauen VW-T3-Bus war er nach dem Ende der Sowjetunion zwei Monate mit seinem damaligen besten Freund Marcos und Anhaltern durch Osteuropa gefahren, eine Reise, die er zu den bedeutendsten seines Lebens zählt. Und später hatte

sich eben dieser Marcos einmal einen der Nachfolgerbusse, diesmal ein amerikanisches Modell, bei ihm ausgeborgt für einen Wochenendausflug aufs Land mit seiner Freundin. Und die Freundin hatte ihn dann in Jimmys Bus, bei Nacht, aus nie geklärten Gründen erstochen. Jimmys erster Wohnort in den USA war San Diego. Danach wohnte er in Los Angeles, Oakland und schließlich in New Jersey, beziehungsweise dann in Manhattan, New York City.
Die Sache war die, dass Jimmy zwar nicht mein Onkel war, dafür aber vor vielen Jahren, noch bevor sie meinem Vater begegnete, etwas mit meiner Mutter gehabt hatte. Damals war sie sogar noch etwas jünger gewesen als ich heute. Ungefähr zweiundzwanzig. Das Ganze war wohl nicht mehr als eine Affäre. Aber eines ist klar: Diese Affäre muss es in sich gehabt haben. Weil meine Mutter bis heute bei vielen, wie mein Vater findet, viel zu vielen, Gelegenheiten von Jimmy redet.
Meine Mutter ist Journalistin. Damals hatte sie an einer Ecke eines kleinen Schreibtisches Platz genommen, der in einem Großraumbüro in San Diego stand. Die *San Diego Union Tribune* hatte vierzehn Lokalreporter. Alle waren neugierig auf das junge Mädchen aus Deutschland, das bei einem Praktikum von ihnen Journalismus lernen wollte. Aber meiner Mutter gefiel ein anderer. Ein Mann mit einem feinen Mustache, in einer blauen, etwas lächerlichen Uniform, der in einem kleinen Plastikkabuff am Eingang mit dunklen mexikanischen Augen darüber wachte, dass kein

Unbefugter die Räume der *Union Tribune* betrat. Sein Spitzname war Jimmy.
Er spielte bei uns zu Hause eine merkwürdige Rolle. Bei uns ging es ja immer eher intellektuell zu. Man muss sich das so vorstellen: Meine Mutter, anfänglich Redakteurin bei einer Frauenzeitschrift, hatte sich im Laufe der Jahre einen guten Ruf erworben beim Thema Job und Karriere. Sie veröffentlichte Sachbücher für Frauen mit Titeln wie »Überzeuge dich selbst, dann bist du überzeugend«. Sie trat in Radiosendungen als Expertin auf. Und schrieb Artikel für seriöse Wochenzeitungen. Mein Vater Hans trug bei Formularen in der Spalte Beruf das Wort Musiker ein. Er spielte ziemlich gut Klavier und Saxophon. War als junger Mann so etwas wie eine kleine Berühmtheit in Münchens Kneipen gewesen, lebte aber seither vor allem von seinen Hoffnungen und Träumen. Unsere große Küche mit dem weißen, runden Tisch war eine Art Zentrifuge für Träume, Hoffnungen und unausgegorene Projekte. Es trafen aufeinander: arbeitslose Bassisten und Schriftsteller, Redakteure, jamaikanische Reggae-Sänger. Für meine jüngere Schwester Inka und für mich hatten Nächte nie den Schrecken von Dunkelheit und Stille. Wir sahen immer einen Lichtschein in der Küche. Hörten Gelächter, die Stimme meines Vaters.
Ein fremder Beobachter hätte bemerken können, dass meine Mutter immer dann auf Jimmy zu sprechen kam, wenn etwas gefragt war, was mein Vater gar nicht hatte. Worte wie Tatkraft fallen einem da ein, Entschlossen-

heit, Wachsamkeit, handwerkliches Geschick. Und ihr Blick bekam immer etwas Romantisches. Als könne sie weit schauen, direkt bis nach San Diego. Mein Vater schlug sich wacker. Sowohl was die Karrieretipps seiner Ehefrau betraf – »in der Musikwelt gelten ganz andere Gesetze!« – als auch was die Verklärung eines mexikanischen Pförtners anbelangte. Das eine Mal, als Jimmy in Deutschland war und uns besuchte, auf dem Rückweg von einem Spanientrip, pokerte mein Vater mit ihm bis morgens um fünf. Und als meine Mutter beim Frühstück wissen wollte, wer gewonnen hat, antwortete Jimmy: »Dein Piano-Man!«

In diesen Tagen, in denen er bei uns war, lag er zusammen mit meiner Schwester und mir oft stundenlang auf dem Boden und spielte mit kleinen Männern aus Metall, deren rechte Füße auf Knopfdruck vorschnellten. Das Fußballspiel *Tipp-Kick* war unsere große Leidenschaft. Und Jimmy wurde vereinnahmt. Er spielte mit großem Ernst, freute sich darüber, dass er sich nach und nach verbesserte, lernte ein paar deutsche Wörter: Tor, Ecke, schwarz und weiß, die Zahlen von eins bis fünf und Scheiße.

Bei seinem Abschied nahm Onkel Jimmy uns Kindern das Versprechen ab: Sollten wir jemals zu ihm in die Staaten kommen, dann nur mit diesem *Tipp-Kick*-Spiel im Gepäck. Weil es, wie er sagte, in Amerika alles gab, bloß das nicht.

DAS NÄCHSTE MAL hörte ich Jimmys Stimme fünfzehn Jahre später. Es war ein Samstag, und es war der neunundvierzigste Geburtstag meiner Mutter. Am Nachmittag gab es Kaffee und Kuchen mit Oma und Opa, einem mit meinen Eltern befreundeten Paar und deren drei kleinen Töchtern, meiner Schwester und ihrem Freund Martin, mit Eleanor und leider auch mit mir. In der Nacht zuvor hatte es in der Wohnung meiner Eltern eine unangenehme Szene gegeben. Gleich nach meiner Ankunft zog mich Inka in ihr Zimmer und erzählte mir mit bleichem Gesicht alles, ohne ein einziges Mal Luft zu holen. Gegen zwei Uhr hatte meine Mutter meinen Vater aus dem Schlaf gerissen. Und zwar nicht wie sonst, weil er so fürchterlich schnarchte, sondern weil aus dem Zimmer meiner Schwester leidenschaftliches Stöhnen kam und durch die gesamte Wohnung tönte. Während mein Vater noch daran arbeitete, herauszubekommen, in welchem Zeitalter und in wessen Körper er sich befand, zischte meine Mutter ihm zu: »Tu was! Ich hab's jetzt satt!«

Inka hatte zwei Monate vorher mit sechzehn Jahren die Schule abgebrochen. Das Endergebnis einer Folge von unsäglichen Schwierigkeiten, Verzweiflungen, tränenreichen Debatten und Rettungsversuchen, mit denen schließlich auch zwei Ärzte, drei Psychologen und das Jugendamt Eimsbüttel beschäftigt gewesen waren. Und seither hing Inka, wenig besorgt um ihre gegenwärtige Situation und noch viel weniger um ihre Zukunft, wie meine Mutter meinte, zusammen mit ihrem dreißigjährigen Freund Martin, der übrigens arbeitslos war, in der Wohnung herum. Die Lage war ein klein wenig angespannt. Und dieses nächtliche Stöhnen hatte bei denen zu Hause ein paar Sicherungen durchbrennen lassen. Beim Geburtstagsessen hing noch immer ein leicht verkohlter Geruch in der Luft.

Im Gegensatz zu meinen Eltern hatte ich etwas übrig für Martin. Ich fand ihn spannend. Er war ein scheuer, dürrer, feminin wirkender Typ, der etwas Verschlagenes an sich hatte und dem man irgendwie anmerkte, dass Schwierigkeiten dieser Art für ihn kein Grund zur Sorge waren, verglichen mit dem, was es sonst in seinem Leben schon gegeben hatte. Sein Heimatland war, was während dieser sechs Monate andauernden Beziehung auch Inkas Heimatland geworden war: die Finsternis. Beide trugen ausschließlich schwarze Klamotten, ihre Augen waren schwarz gerändert, ihre Fingernägel schwarz angestrichen, die Musik, die sie hörten, war pechschwarz, die Clubs, in die sie gingen, waren dunkle Höhlen, und der Geruch, der an ihnen haftete, wirkte, als ob sie ihre Tage nicht in Inkas Zimmer, sondern in einem Erdloch zubrächten. Martin saß beim Geburtstagsessen übrigens neben meiner Großmutter. Beide mit einem Stück Kirschstreuselkuchen vor sich. Neben mir saß Eleanor. An diesem Tag hatte sie schreckliches Zahnweh. Und was ich in diesem Zusammenhang noch erwähnenswert finde: Sie hasste Familienzusammenkünfte. Lucy, die Freundin meiner Mutter, erzählte, dass es auf der Autofahrt von Kassel

nach Hamburg so unerträglich heiß für diese Jahreszeit gewesen sei. »Ich dachte, ich ersticke.«
Ihr Freund: »Ja, aber ich bin nicht schuld daran. Ich darf ja die Klimaanlage nicht anmachen, weil du denkst, die Kinder erkälten sich.«
Lucy: »Ich hab auch nicht gesagt, dass du schuld bist.«
Es wurden Überlegungen angestellt, ob man später noch gemeinsam etwas unternehmen könnte.
Einen Spaziergang?
Opa: »Ich kann nicht so weit laufen.«
Ins Museum?
Oma: »Das ist viel zu kompliziert.«
Lucy: »Wieso zu kompliziert?«
Oma: »Mit den Autos. Und dem Parken.«
Lucy: »Wir können doch mit der U-Bahn fahren.«
Oma: »Das ist auch kompliziert.«
Martin: »Gehen wir halt auf die Reeperbahn!«
Meine Mutter: »Ja, sicher.«
Opa: »Es soll jetzt sowieso bald wieder regnen.«
Oma: »Meinst du?«
Lucy: »Schön wär's!«
Die achtjährige Tanja: »Wann spielen wir Pferdequartett?«
Diese Gespräche wurden immer wieder vom Läuten des Telefons unterbrochen. Meistens war ich derjenige, der aufstand und hinging. Es war eine gute Gelegenheit, kurz zu entkommen.
Ich erkannte seine Stimme sofort. Sie klang so nah, als käme sie aus dem Nachbarzimmer. Und er redete so,

als hätten wir noch gestern zusammen vorm Fernseher gesessen. Bevor ich meine Mutter zum Hörer holte, erzählte mir Jimmy von seinem Restaurant in New York. »Wenn du mal gar nicht weißt, was du machen sollst, dann wartet hier immer ein Bett für dich. Und ein Job – Pfannkuchen machen. In der 22sten Straße essen die Leute richtig viele Pfannkuchen.«
Ich setzte mich wieder neben Eleanor. Sie registrierte das nur mit einem kurzen Seitenblick ihrer kühlen, grünen Augen, in denen nur eine Frage stand: Wann brechen wir hier auf? So jedenfalls habe ich ihren Blick gedeutet. Wahrscheinlich war das »wir« schon nicht mehr enthalten in der Frage. Wie dem auch sei, zwei Monate später erbat ich bei meinen Caritas-Schwestern eine Auszeit, die mir auch Gott sei Dank gewährt wurde, und kurz darauf saß ich in einer KLM-Maschine nach Amerika. Ohne Eleanor.

Don Juan Manuel de Ayala, Leutnant der königlich spanischen Marine, verlieh 1775 der kleinen Insel in der San Francisco Bay ihren Namen. Auf dem kleinen Vorhutschiff San Carlos segelte er mit seiner Crew in die Bucht. Die Männer hatten den Auftrag, Ankerplätze für Kriegsschiffe zu finden. Am Abend des 5. August sahen Ayala und sein Steuermann von der Reling des Schiffes aus im rötlichen Schein der Abendsonne eine Insel, auf der dicht gedrängt große Vögel saßen – Pelikane. Er nannte den Felsen Isla de los Alcatraces – Insel der Pelikane.

DAS BETT, VON DEM JIMMY GEREDET HATTE, war gar kein Bett, sondern nur eine große Matratze. Die lag in einer Art 1-Zimmer-Apartment, das nur über eine stählerne Wendeltreppe von Jimmys Wohnzimmer aus erreichbar war. Seine Wohnung befand sich im dritten Stock eines schmalen, grauen Hauses mit schwarzen Feuertreppen und rechteckigen, dunkel geränderten Fenstern, schräg gegenüber des Luncheonettes. Die Fassade war schon leicht angegriffen. Auf dem Dach stand ein Wassertank. Direkt vor dem Haus wuchs eine dünne Weide, die aber viele schöne Blätter besaß und sich mit ihren langen Ästen und Zweigen innig in die vier Balkone hineinlehnte.
Das Gebäude, das links an dieses Haus anschloss, war ein Parkhaus. Was dazu führte, dass der dunkle Holzboden gelegentlich vibrierte. Nur nicht am Wochenende. Da war das ganze Parkhaus ein riesiger Flohmarkt. Früher gehörte das Zimmer, das ich bewohnte, wahrscheinlich zu einer anderen Wohnung. Davon zeugte eine grob zugemauerte Tür. Jimmy hatte die Wohnung schon so gemietet und beim Einzug alle Fenster, Türen und die Wendeltreppe abgeschliffen und gestrichen. Zu jedermanns Erstaunen, vor allem seiner aktuellen Freundin Dorothy, die immer dienstags, mittwochs und samstags bei ihm übernachtete, in neutralem Weiß. Wenn man die Wohnungstür aufgeschlossen hatte, zwei Schlösser, zwei Stahlriegel, dann stand man in einem kleinen Gang, der direkt ins Wohnzimmer führte. Rechts in diesem Gang hingen ein paar Mäntel

und Jacken an der Wand, darunter standen Jimmys Schuhe. An der gegenüberliegenden Wand, linker Hand also, waren vier gerahmte Fotos angebracht. Alle gleich groß, jedes in etwa 20 cm breit und 30 cm hoch. Vier Schwarz-Weiß-Aufnahmen von Sträflingen. Alle auf die gleiche Weise fotografiert. Frontal, mit einer deutlich lesbaren Gefangenennummer im Bild. Die ersten drei Bilder folgten im exakt gleichen Abstand. Das vierte befand sich zwar auf gleicher Höhe, hing aber etwas weiter entfernt von den anderen. Diese vier Männer stellte mir Jimmy vor, am Abend nach meinem ersten Arbeitstag an der heißen Grillfläche in seinem Restaurant. Ich gab ein jämmerliches Bild ab. Ich hatte geschwollene Beine vom stundenlangen Stehen und an jeder Hand mehrere Brandblasen. Und ich war so müde, dass ich kaum noch etwas sagen konnte. Um Onkel Jimmys Mund spielte ein klitzekleines Grinsen. Ich rechnete ihm aber hoch an, dass er kein Wort über meine Verfassung verlor. Stattdessen sagte er, als wir die Wohnung erreicht hatten: »Darf ich dich mit vier Freunden bekannt machen?« Er wies mit der rechten Hand auf die Fotografien. »Merk dir die Namen! Clarence Anglin, John Anglin, Frank Lee Morris und …«, damit deutete er auf das letzte Foto – »Allen West.«

Im Jahr 1848 übergaben die Spanier die Insel der Pelikane offiziell an den amerikanischen Gouverneur John

C. Freemont, und daraufhin wehte dort die Bärenfahne Kaliforniens.

Ab 1850 wurde Alcatraz als Militärfestung und -gefängnis genutzt. In dem Gefängnis saßen während des amerikanischen Bürgerkrieges Soldaten ein, die wegen Desertion, Diebstahl, Vergewaltigung oder Mord verurteilt worden waren, ebenso wie Zivilisten, denen man Hochverrat vorwarf, und die gesamte Mannschaft eines konföderierten Schiffes. Das Heer nutzte Alcatraz auch als Internierungslager für Indianer der Stämme Hopi, Apache und Mordoc, die während der verschiedenen Indianerkriege des mittleren bis späten 19. Jahrhunderts in Gefangenschaft gerieten, sowie für Kriegsgefangene des Spanisch-Amerikanischen Krieges.

Aufgrund der im Verlauf des Bürgerkrieges schnell fortschreitenden Militärtechnik galt der Stützpunkt auf Alcatraz bald als überholt, und die Armee gab 1907 Festung und Gefängnis auf.

Bei den Insassen des viele Jahre später auf der Insel errichteten Bundesgefängnisses hielt sich hartnäckig das Gerücht, dass die Geister von zu Zeiten der Militärfestung gefolterten und ermordeten Männern, vorwiegend Indianern, für immer an diesem Ort ihr Unwesen trieben.

Dienstag, 12. Juni 1962,
Berryessa See, Nordkalifornien.

DER SIEBENUNDVIERZIGJÄHRIGE, etwas untersetzte Texaner Olin Blackwell, von Freunden und Kollegen

»Blackie« genannt, saß zusammen mit seinem kleinen Neffen Julien an diesem Morgen, als die Sonne gerade aufgegangen war, in einem kleinem Ruderboot, das inmitten des großen Sees trieb, und angelte. Um fünf Uhr hatte er sich, wie an den Tagen zuvor, in dem Ferienhaus im Markley Cove Resort aus seinem, wie er fand, etwas zu schmalen Bett erhoben, war, wie an den Tagen zuvor, in das andere Zimmer hinübergegangen, hatte den Jungen geweckt, hatte seine Nichte auf die Stirn geküsst, hatte zugesehen, wie der dürre Julien gähnend durch das dunkle Zimmer und zu dem großen Schrank ging, wo seine kleine Angel untergebracht war.

Es war nun genau Olins zwölfter Urlaubstag. Der erste Urlaub seit über anderthalb Jahren! Eigentlich wäre er lieber allein hierhergekommen, aber seine Schwester Tabitha aus Los Angeles hatte darauf bestanden, ihn zu begleiten, und hatte auch noch ihre beiden Kinder eingepackt. Schon auf der Fahrt von San Francisco in das Resort war sie ihm damit in den Ohren gelegen, dass er Julien doch jeden Morgen mitnehmen könne, zum Angeln. Sie habe extra eine Angelrute für ihn gekauft.

Es war inzwischen sieben Uhr vorüber. Olin hatte bereits einen schönen Sonnenbarsch ins Boot gezogen, einen ziemlichen Brocken. Der Junge hatte noch nichts gefangen. Weder an diesem Tag noch an den Tagen zuvor.

Dieser Junge, das war Olin gleich aufgefallen, brauchte in vielen Bereichen etwas länger. Sei's drum. Man musste Geduld haben mit ihm!

Die große Stille über dem Wasser, das Herausziehen der dicken Barsche mit ihren im Morgenlicht schimmernden Körpern, das Zurückkommen, wenn alle anderen Menschen gerade erst aus ihren Betten krochen, das erfrischte Gefühl, das man dann hatte, das alles liebte Olin Blackwell. Er fand, es gab nichts Schöneres auf der Welt.
Doch gerade in diesen Tagen war er viel zu nervös und einfach nicht ganz bei der Sache! Eigentlich hätte er heute noch einen zweiten Fisch gefangen, aber der war ihm, nachdem er ihn behutsam vom Haken entfernt hatte, ausgekommen und wieder ins Wasser gesprungen. Das war ihm schon sehr lange nicht mehr passiert. Bestimmt, dachte er, weil er sich zu oft mit etwas ganz anderem beschäftigte. Nämlich seiner Arbeit.
In letzter Zeit war er dort ein wenig in die Kritik geraten. Ein Mann von der Bundesbehörde war einige Tage zuvor in seinem Büro erschienen und hatte Olin klipp und klar zu verstehen gegeben, dass er dessen Führungsstil zu unautoritär fand. Das berge einfach zu viele Gefahren!
»Du machst das falsch!«, sagte Olin zu seinem kleinen Neffen, stand vorsichtig im Boot auf und machte einen Schritt auf ihn zu. »Du musst sie schräger und immer ein bisschen in Bewegung halten, schau, so! Sonst wirst du wieder nichts fangen!«
»Tut mir leid«, sagte der Junge etwas verängstigt.
»Schon gut«, meinte Blackwell entschuldigend und setzte sich wieder. »Das muss man üben.«

Zu unautoritärer Führungsstil? Wo führt das nur alles hin? Es war Olin ein Rätsel, wieso man dafür, dass man immer versucht, die Leute aufrichtig und menschlich zu behandeln, und, ja, von Zeit zu Zeit auch mal einen Spaß macht, sofort zusammengestaucht wird. In was für einer Welt leben wir denn?

Seit über einem Jahr war er jetzt schon der Chef der kleinen Insel, auf der es einfach viel zu kühl war und immer nur windete. Seit anderthalb Jahren, wenn man's genau nahm. Seit anderthalb Jahren des Sich-eingeengt-Fühlens, wenn man's ganz genau nahm!

»Julien«, sagte Olin schließlich, »heute ist, glaube ich, kein guter Tag zum Angeln. Was hältst du davon, wenn wir jetzt zurückrudern und irgendwohin fahren, wo es ein ordentliches Frühstück gibt! Mit Eiern und Speck und so, was meinst du?«

»O ja!«

Und während er die Leine einrollte, den kleinen silbernen Köder entfernte, dasselbe auch für den Jungen erledigte und die Köder in den dafür vorgesehenen Boxen seines schönen Angelkoffers verstaute, den er sich extra für diesen Urlaub gekauft hatte, dachte er bei sich:

Diese Leute werden eines Morgens aufwachen und merken, dass sie mit ihrer ganzen Autorität nirgendwohin kommen. Man muss Vertrauen haben zum Leben und zu den Menschen! Mein Führungsstil ist völlig in Ordnung! Das wird sich über kurz oder lang schon noch herausstellen.

Als Olin Blackwell gegen 8:30 Uhr den Flur des weißen Ferienhauses im Markley Cove Resort betrat, um den Wagenschlüssel zu holen, wäre er fast mit seiner Schwester zusammengestoßen, die plötzlich im Morgenrock vor ihm stand.
»Olin, ihr seid schon zurück?«
»Ja. Und du schon wach? Warum?«
Tabitha zögerte etwas, bevor sie antwortete:
»Ein Art Dollison hat gerade angerufen.«
Olin stieß einen tiefen Seufzer aus.
»Ich habe Urlaub!«
»Du sollst ihn so schnell wie möglich anrufen.«
Olin »Blackie« Blackwell schaute seine jüngere Schwester Tabitha mit seinen großen, runden Augen an.
»Ja, und hat er gesagt, warum?«, fragte er schließlich.
»Gestern Nacht sind drei von deinen Gefangenen ausgebrochen.«

ICH WAR IN DIESEM SOMMER das erste Mal in New York. Aber mein New York, das waren nur etwa elf Blocks gewesen, wenn's hochkommt. Vom Rubens Museum of Art in der 22sten bis zur Manhattan Mall in der 33sten Straße. Dort spielte sich für mich alles ab. Dort lernte ich, wann genau man einen Burger am besten vom Grill nimmt. Und dort wurde mir auch eine Geschichte nahegebracht. Von der sturmumtosten Insel der Pelikane. Ich hätte keine Adresse nennen können, wenn es um Theatertipps ging, aber wen es interessierte, dem konnte ich genauestens auseinandersetzen, wie der blaue Klappstuhl aussah, auf dem jeden Morgen um 8:30 Uhr ein schmalschultriger Mann um die fünfzig mit gutmütigem Gesicht und erwartungsvollen Augen vor seinem Laden Platz nahm. Sein Laden, das war das Erdgeschoss eines sehr kleinen, sandroten Hauses genau an der Ecke der Straße, in der Jimmy wohnte, und der sechsten Avenue. Mit einer gelben Markise über dem Eingang, auf der in großen Blockbuchstaben zu lesen stand: »*Bill's Bags and Suitcases, Industries*«. Bill hatte sich also an einer bestimmten Weggabelung in seinem Leben entschieden, auf Koffer und Taschen zu setzen. Vielleicht hatte sein Freund Tom einmal bei einem Abendessen zu ihm gesagt: »Lass dich doch von diesen ganzen Ärschen gernhaben. Du mit deiner ewigen Plackerei! Ich sag dir, Koffer sind die Lösung! Das wird ein Renner.« Oder vielleicht hatte der Laden schon seinem Schwiegervater gehört. Und der hatte ihn mit vehementer Unterstützung seiner Tochter angefleht, den Laden zu übernehmen. Weil es sich hierbei um nicht weniger als um sein Lebenswerk handle. Und Bill, der eigentlich ganz andere Pläne gehabt hatte, war dann doch überzeugt worden: »Also, na gut. Aber wenn schon, dann wird ab jetzt der Name geändert, nicht mehr John's, sondern Bill's bags. Und das Sortiment wird erweitert.« Wie auch immer es gewesen sein mochte, der Laden quoll jedenfalls über vor Taschen und Koffern. Es gab alles, was auch nur im Entferntesten in diesen Bereich fiel: Geldbeutel, Rucksäcke,

Handtaschen und gigantische Koffer, die man braucht, wenn man von allem genug hat und den Entschluss fasst, augenblicklich eine Weltreise anzutreten. Es war ein Wunder, dass die Scheiben dieses kleinen Geschäftes nicht zersprangen. Bevor sich Bill jeden Morgen auf seinen Klappstuhl setzte, zog er einige der Koffer und Taschen auf die Straße hinaus, platzierte sie gewissenhaft neben- oder übereinander auf dem Gehsteig und befestigte noch viele kleinere Exemplare an Haken vor den Fenstern, sodass man gar nicht in den Laden hineinsehen konnte. Meinen ganzen Sommer in New York hindurch stellte Bill eines der Wahrzeichen meiner unmittelbaren Umgebung dar. Tag für Tag sah ich ihn vor seinem Laden sitzen. Ruhig, geduldig. Egal, ob eine unsägliche Schwüle herrschte oder es regnete. Dann saß er unter einem aufgespannten Sonnenschirm. Mal mit einem Sandwich in der Hand, mal aus einem Tetrapäckchen Orangensaft schlürfend, mal in einer Zeitschrift für Segelboote blätternd. Das Wichtigste aber ist, dass ich während dieser gesamten Zeit nicht einen einzigen Menschen gesehen habe, der bei Bill einen Koffer oder dergleichen gekauft hat. Ich glaube, ich habe nicht einmal einen Menschen gesehen, der sich auch nur ansatzweise dafür interessiert hätte. Der ihn etwas zu den Koffern gefragt hätte oder so. Ich glaube, Bill wurde nicht einmal von jemandem nach dem Weg gefragt.
Der Straßenabschnitt, in dem Jimmy wohnte, war verhältnismäßig ruhig. Selten sah man gehetzte Fußgänger, und die Anzahl der vorbeibrausenden Yellowcabs hielt

sich auch in Grenzen. Es gab einige Bäume, die eine friedliche Atmosphäre schafften, für Schatten sorgten und die Sonnenstrahlen schön gesprenkelt auf Häuserwände und Straßenasphalt verteilten. Es herrschte eine merkwürdige Stimmung dort. Für Manhattans Verhältnisse entspannt, unaufgeregt. Und trotzdem hatte man den Eindruck, dass hinter den Wänden dieser vielen leicht angeschlagen aussehenden, teilweise mit Graffiti besprühten, sehr unterschiedlich hohen, aber dicht gedrängt stehenden Häuser vielen interessanten, mitunter auch zweifelhaften Ideen und Träumen nachgegangen wurde. Es kam einem so vor, als ob ein Mensch, der seine Stunden in diesem Straßenabschnitt zubrachte, mit Eifer daran war, etwas aus dem Nichts heraus zum Leben zu erwecken oder mühevoll am Leben zu erhalten. Und das passierte stillschweigend, ohne dass er großes Aufhebens darum gemacht hätte oder ein Fremder, der hier spazieren ging, etwas davon mitbekam.

Viele für mich nicht zu klassifizierende Firmen hatten sich in Jimmys Straßenabschnitt angesiedelt. Deren riesige Stoffbanner wogten weit oben an manchen Häuserwänden. Manchmal hielt ein Lieferwagen vor einem der Häuser, und mehrere große in Styropor gewickelte Gegenstände wurden hineintransportiert. Oft sah man einzelne Menschen auf dem Gehsteig herumlungern, die mit leicht angespannten Gesichtern auf etwas zu warten schienen. In den oberen Stockwerken konnte man hinter verspiegelten Fensterscheiben allerhöchstens mal die Silhouette eines Mannes ausmachen. Nur

manchmal glaubte man, wenn man von der Straße aus den Blick über die Fensterfronten gleiten ließ, in einen finsteren Lagerraum hineinzuspähen.
Wenn man zu Fuß von der siebten Avenue kommend in den Straßenabschnitt einbog, tat sich rechter Hand als Erstes eine schwarze hohe Häuserwand auf, auf der mehrere ausgeblichene Plakate angeschlagen waren.
Bob Dylan, »New Album«
Ultra Trance, »Best Trance Remixes«
Style.com, »Shape of things to come«
Iyengar Yoga, »Institute of New York, Rethink how you unwind«
Man lief weiter, an mehreren kleinen Läden vorbei, die im Abstand von nur wenigen Schritten aufeinander folgten, alle mit wie vor Stolz geschwellten, bunten Markisenhauben über der Eingangstür:
Stephan Ray, »Hairsaloon«, grüne Markise.
Susy's Restaurant, »Caterings for all occasions«, weinrote Markise.
Flash Clinic, »Professional lighting systems«, (riesige Film- und Fotoscheinwerfer im Schaufenster), schwarze Markise.
U and me – Lounge/Restaurant, keine Markise.
Es folgte ein schmales, futuristisch aussehendes Gebäude mit einem gut gelaunten, uniformierten Pakistaner davor, der einem immer ein »Hey, how are you?« entgegenschleuderte – ein Sheraton Hotel.
Dann wieder ein paar Geschäfte:
Alpha, »Schaufenstergestaltung«, »Our work has Qua-

lity!«, Eingang vergittert (vielleicht bankrott gegangen).
Digital Conventional Photo, Fotogeschäft. Bilder, Bilderrahmen, »Passport Portraits, excellent Close-ups!«, grellrote Markise.
Liberty Display, ein Laden, in dem man Schaufensterpuppen kaufen konnte. Torsi, Hände, Perücken, grüne Markise.
New York Wood Flooring, Holzbodeninstallationen, »Renovations, paintings!«, hellblaue Markise.
Varietal, eine komplett in Weiß gehaltene Bar mit weißen Barhockern, weiße Markise.
JP Metal America Inc., ein Heimwerkergeschäft, schwarzer, abweisender Eingang, keine Markise.
On-the-go-Café, ein wie ein altmodischer Krämerladen eingerichteter Coffeeshop, keine Markise, dafür rote Fahne neben dem Eingang.
Nun näherte man sich schon allmählich der sechsten Avenue.
Siegel & Stockman, wieder ein Geschäft, in dem Schaufensterpuppen verkauft wurden. Dunkler, moderner als der andere, schwarze Markise.
Dann:
Jimmy's Grill & Luncheonette, grüne Markise. Kleine, silbern geränderte Aufstelltafel, auf der »Jimmy's Recommendations« angeschrieben waren. Der Eingang war in Schwarz gehalten. Die Eingangstür, über der ein Belüftungskasten hing, war aus Glas.
This 'n' that, »Anita Stein's Jewelry & Collectable«, ein

ziemlich kitschiger, indisch anmutender Schmuckladen, grellrosafarbene Markise.
Direkt gegenüber auf der anderen Straßenseite befand sich das Parkhaus. Für ein Parkhaus war es klein, nur zweistöckig. Ein Backsteinbau. Die untere Hälfte war weiß gestrichen. Ein blaues Schild hing an der Häuserwand: »Open 24 hours. If the doors are closed, please sound horn!« Rechts neben einer der beiden blau gerahmten Auffahrten stand immer ein großer, schwerfälliger Aufseher, den Rücken an die Wand gedrückt. Mit Mechanikerhose und T-Shirt. Er war dunkelhäutig. Und er hatte immer ein Basecap ins Gesicht gezogen, mit dem Wappen der »New York Knicks« darauf, aber fast jeden Tag war es ein anderes. Er muss Dutzende davon gehabt haben. Der Mann hieß Arthur Margolin, aber alle nannten ihn Pat. Er war ein Bekannter von Jimmy.
Auf einem Aufsteller wurde die Sonderrate für eine halbe Stunde Parken angepriesen: 6,75 Dollar. Aber zumindest in der Zeit, die ich in New York verbrachte, änderte sich diese Rate nie, woraus ich schloss, dass der Begriff »Special Rate« womöglich nicht ganz angebracht war.
Auf dieser Straßenseite, etwas weiter vorne, links, an der Ecke zur sechsten Avenue, hätte man *Bill's Bags and Suitcases, Industries* einen Besuch abstatten können. Oder man schaute bei einem anderen Bekannten von Jimmy vorbei, sogar einem Freund, würde ich sagen. Dem alten Chester, mit den hellsten blauen Augen, die

ich jemals gesehen habe. Er besaß unten in Onkel Jimmys Haus ein Antiquitätengeschäft.
Sowohl Chester als auch Pat statteten Jimmy ab und an in seiner Wohnung einen Besuch ab. Jimmy bekam überhaupt ziemlich häufig Besuch. Egal, ob er da war oder nicht. Die Leute kamen einfach so zur Tür hereinspaziert. Oft, wenn ich mich abends oder an einem Nachmittag, an dem ich frei hatte, in seiner Wohnung aufhielt und auf der Couch lag und las, wurde ich von irgendeiner Person aufgeschreckt, die plötzlich vor mir stand. Ich kam nie dahinter, wie das eigentlich vonstattenging. Ob die alle ihren eigenen Schlüssel hatten oder ob Jimmy ihnen seinen nach Bedarf auslieh. Die Leute kamen und gingen. Blieben mal länger, mal kürzer. Holten zum Beispiel schnell eine bestimmte Kiste ab, oder aber sie setzten sich an den Glastisch im Wohnzimmer, auf dem die beiden Computer standen, und schauten gemütlich etwas im Internet nach oder schienen an irgendetwas zu arbeiten. Wenn Jimmy da war, saß man an dem langen Esstisch und trank Bier. Bei manchen der Besucher hatte man den Eindruck, es handelte sich um Geschäftspartner von ihm, obwohl man nie wusste, um welches Geschäft es sich dabei drehen könnte. Am häufigsten kam ein kleiner, dicker Chinese, über den ich erfuhr, dass er im gleichen Haus ein Stockwerk über meinem mexikanischen Onkel wohnte und Besitzer einer Softwarefirma war.

Der amerikanische Justizminister Homer Cummings gab im Jahr 1933, zur Zeit der großen Depression, in einer Rundfunkansprache bekannt, dass er bereits seit Längerem den Wunsch nach einer Haftanstalt hege, in der Amerikas gefährlichste und renitenteste Verbrecher untergebracht werden könnten. Und dass sich nun endlich ein solcher Ort gefunden habe. Nach Verhandlungen mit dem Verteidigungsministerium sei ihm die alte Militärfestung auf der Insel Alcatraz in der Bucht von San Francisco zur Verfügung gestellt worden. Er sagte: »Die Insel ist zwar nur ein paar Kilometer vom Festland entfernt, aber das Wasser ist eiskalt und voll tückischer Strudel. Die Strömung ist reißend und Flucht praktisch unmöglich. Hier können bösartige und unverbesserliche Verbrecher isoliert werden, sodass sich ihr verderblicher Einfluss nicht auf andere, resozialisierungsfähige Häftlinge auswirken kann.«

Im Oktober 1933 wurde auf der Insel mit den Arbeiten begonnen. An sechs Punkten wurden Wachtürme errichtet, von denen aus jeder Teil der Insel zu übersehen war. Ein 3,60 Meter hoher Drahtzahn, oben zusätzlich mit Stacheldraht gesichert, umschloss das renovierte Zellhaus. Eisengitterzäune wurden hochgezogen, Metalldetektoren installiert. Stacheldrahtbarrieren verliefen am Ufer. Siele und Rohrleitungen, die in die Bucht mündeten, wurden abgedichtet.

Am 22. Mai 1934 trafen die ersten 53 Häftlinge aus den Zuchthäusern von Atlanta und Leavenworth auf der Insel ein. Während seines 29-jährigen Bestehens konn-

te kein Richter einen Täter direkt in die Haftanstalt von Alcatraz schicken. Hierher sollten nur die schwersten Fälle kommen. Diejenigen, die sich nicht an die Regeln hielten, die versucht hatten, aus anderen Gefängnissen auszubrechen, die aufwiegelten. Es hieß: Wenn du dich draußen nicht an die Regeln hältst, kommst du in den Knast. Wenn du dich im Knast nicht an die Regeln hältst, dann kommst du nach Alcatraz.

ES BRAUCHTE NICHT VIELE in New York verbrachte Tage und somit auch keine allzu große Anzahl von mir zubereiteter Bacon Cheese Deluxe Burger, Farmer Omeletts oder Blueberry Pancakes, bis ich Jimmys drei Luncheonette-Mitarbeiter ein bisschen kennengelernt hatte und einen Eindruck davon erhielt, durch welche Art von Leben sie marschierten. Alle drei zeigten sich Fragen gegenüber offen. Es machte den Anschein, als ob jeder sogar recht gern von sich erzählte. Noch viel lieber erzählte man etwas über einen der Arbeitskollegen, wenn dieser nicht da war, oder gerade, wenn er da war, um ihn ein bisschen aufzuziehen. Seltener hingegen gab mir Jimmy Informationen über seine Crewmitglieder. Er redete nicht oft und schon gar nicht ausschweifend über die Menschen in seiner unmittelbaren Umgebung. Ich war mir auch sicher, dass sich einige seiner Bekannten fragten, um wen es sich bei diesem jungen Deutschen handelte, der auf einmal bei ihm lebte, und genauso sicher war ich mir, dass er ihnen darüber kaum Auskunft gab. Wenn ich einen Dialog zwischen ihm und einem seiner Angestellten mitverfolgte, schnappte ich dafür hin und wieder einen Satz auf, der mir etwas über diesen offenbarte. Bis schließlich nach und nach in meinem Kopf ein Bild entstand, das ich mir von dem jeweiligen Ruderer der kleinen Luncheonette-Barke machte.

Über Francis hatte ich erfahren, dass er neunundsechzig Jahre alt war. Er wurde in Brooklyn geboren. Seine Eltern stammten aus Italien. Aus Mailand. In Wirklichkeit hieß er Francesco. Bevor er im Luncheonette tätig wurde, hatte er viele Jahre in einer Fabrik irgendwo außerhalb New Yorks gearbeitet, die Gabelstapler herstellte. Einmal sagte er zu mir: »Es ist merkwürdig, welche Dinge im Leben der verschiedenen Menschen plötzlich eine große Rolle spielen, und man wird nie klären können, warum. In meinem Leben jedenfalls spielte über vierzig Jahre ein drolliges Gefährt namens Gabelstapler eine Rolle.« Durch die wenigen Sätze, die Francis über seine damalige Anstellung verlor, gewann ich den Eindruck einer schrecklichen, kräftezehrenden Arbeit. Aber er sah das anders. Er sagte: »Ich hab's eigentlich ganz gern gemacht. Ich hab's noch relativ gut erwischt. Wenigstens hatte ich einen Job. Viele meiner Freunde hatten keinen. Und die hatten alle Familien, so wie ich. Es war eine anstrengende Arbeit, klar, aber gut für den Körper. Und man musste lernen, sich zu konzentrieren. Exakt musste gearbeitet werden an die-

sen großen Maschinen. Vor allem musste man Ruhe bewahren, es ist nämlich entsetzlich heiß und laut in so einer Fabrik. Man hat keine Vorstellung davon. Wie auch immer, ich denke, Ruhe zu bewahren, das ist überhaupt das Wichtigste im Leben.« Daraufhin hatte Zac eingeworfen: »Ja, genau, deshalb schläfst du auch ein, wenn du einen Orangensaft servieren sollst. Hey, Tony, das ist wirklich passiert.« Francis erwiderte: »Lieber schlafe ich über einem Orangensaft ein, als dass ich so einer werde wie du, der ständig gestresst ist und in spätestens fünf Jahren einen Herzinfarkt kriegt.«
Gleich mehrere Male hatte mir der alte Francis davon erzählt, wie er zu seiner Pensionierung einen kleinen goldenen Gabelstapler überreicht bekam, ein Caterpillar-Modell, in Glas eingefasst. »Wenn du mal zu mir kommst, dann zeig ich es dir.«
»Bring es doch mal mit«, sagte ich.
»Nein«, sagte er, »lieber nicht.«
Wie ich später erfuhr, hatte er es einmal, ganz zu Beginn seiner Anstellung bei Jimmy, ins Luncheonette mitgenommen. Aber die Begeisterung dafür hatte sich wohl seiner Ansicht nach zu sehr in Grenzen gehalten, als dass er dieses Wagnis noch einmal eingehen würde. Alles, was ich sonst noch über Francis' Leben in Erfahrung brachte, hatte er mir nicht selbst erzählt. Dass eines seiner drei Kinder, das Jüngste, ein Mädchen namens Laura, ihm im Alter von fünf Jahren nur ein paar Blocks von ihrer Wohnung entfernt auf dem Gehsteig entwischt und vor ein Auto gelaufen war. Das

Mädchen starb wenige Stunden darauf im Krankenhaus.
Dass einer von Francis' beiden Söhnen, Ciro, der jüngere, derjenige, der nach wie vor in New York lebte und inzwischen Physiotherapeut war – der zweite, Renato, reparierte Flugzeuge und war auf der ganzen Welt unterwegs –, schon längere Zeit, bevor Francis ihn kennenlernte, eine Freundschaft zu Jimmy gepflegt hatte. Und Ciro war es auch gewesen, der Jimmy darum bat, Francis bei sich einzustellen. Denn nach seiner Pensionierung und dem Tod seiner Ehefrau schien Ciros Vater nicht mehr derselbe zu sein. Es war wohl so, als hätte er, während die Tage dahinschwanden, nach und nach alle seine persönlichen Türen zum Leben verschlossen und verriegelt. Er verließ die Wohnung nur noch selten. Und wenn, dann kam es vor, dass sich die Leute von ihm belästigt fühlten, denn er redete sie manchmal ohne bestimmten Grund an oder stellte ihnen merkwürdige Fragen. Einmal wurde sogar ein Police-Officer herbeigeholt, der ihn dann zu Fuß nach Hause begleitete. Auf Ciros Bitte, seinen Vater bei sich einzustellen, hatte Jimmy geantwortet: »Ich brauche keinen weiteren Mann. Mein Luncheonette ist jetzt auch nicht gerade riesig. Man würde sich höchstens auf den Füßen stehen, und außerdem muss man schon ein bisschen auf Zack sein. Was ich nicht gebrauchen kann, ist, dass dein Vater uns dauernd aufhält. Und Erfahrungen im Gastronomiebereich hat er ja auch nicht, oder?« Nach kurzem Zögern fügte er

hinzu: »In Ordnung, schick ihn vorbei!« Seit diesem Dialog waren zwei Jahre vergangen, und Francis war ein fester Bestandteil des Luncheonettes geworden. Mit Bedacht wurde er von Onkel Jimmy immer nur für das Servieren der Getränke eingeteilt. Was die Getränke anbelangte, ließ es das Luncheonette also ab und zu an seiner üblichen Geschwindigkeit etwas mangeln, wie wenn ein rasend schnelles Motorrad aus heiterem Himmel immer wieder langsamer wird, weil der Motor merkwürdige Geräusche von sich gibt. Kleine Fältchen bildeten sich dann an Jimmys Kinn, und seine Augenbrauen rückten ein bisschen dichter aneinander, während er zu Francis hinüberblickte und dem Erscheinen von zwei Bechern mit Zitronen-Eistee auf der Theke entgegensah. Jeder von Jimmys Crew wusste, dass Francis' Leitspruch »Man muss es ruhig angehen lassen im Leben« auch eine kleine Ausrede dafür war, sich mehr Zeit zu lassen als die anderen Angestellten. Dafür muss allerdings festgehalten werden, dass er mit seiner um den Bauch gebundenen, immer fleckigen Schürze, seiner Schiffchenmütze auf dem Kopf, seinem durchfurchten Gesicht, seiner Knollennase und seinen großen, alten Händen fachmännischer aussah als jeder andere. Es machte den Anschein, als habe er schon von Kindesbeinen an hinter einer solchen Theke gestanden. Etwas, das ich sonst noch über ihn wusste, war, dass er schon immer eine Leidenschaft für das Wasser gehabt hatte. Für den Ozean, große Flüsse und Seen. Es hieß, schon immer hätte er gern abends auf der Brooklyn

Bridge gestanden und seine Blicke schweifen lassen, aber nicht in Richtung der Skyline, sondern weit hinaus auf den East River. Eine der Beschäftigungen übrigens, die er nach seiner Pensionierung aufgab und erst wieder aufnahm, als er bereits einige Monate im Luncheonette tätig war.

Wenn der Leitspruch seines älteren Arbeitskollegen besagte, man solle es ruhig angehen lassen im Leben, dann würde Zacs Leitspruch, ohne dass er ihn jemals aussprach, mit Sicherheit lauten: »Begegne jeder Situation, wie immer sie auch beschaffen sein mag, mit dem höchsten Maß an Aufregung.« Vielleicht hatte Zac über die Jahre für sich herausgefunden, dass er sich somit am allerbesten für alle möglichen Katastrophen rüsten konnte, die er in naher Zukunft über sich hereinbrechen sah. Er hatte etwas von dem Bewohner eines kleinen, abgeschiedenen Dorfes aus längst verflossenen Zeiten, der atemlos aus dem Wald zu seinen Leuten zurückgelaufen kommt und schreit: »Wir werden angegriffen!« Andererseits wäre es aber auch gut möglich, dass er nicht aufgrund schlimmer Ereignisse so aufgeregt agierte, sondern weil er in seinem tiefsten Inneren, ohne dass er sich dessen vielleicht selbst bewusst war, die Überzeugung hegte, dass ständige Aufregung die einzige angemessene Reaktion auf das Leben, seine Mysterien und Wunder war. Wie dem auch sei, Zac sah immer überspannt und übernächtigt aus, und er verhielt sich ständig so, als wäre er in großer Eile. Dabei

signalisierte er einem, dass alles verloren sei, wenn er sich nur um eine Minute verspätete.
Zac war neununddreißig Jahre alt. Sein richtiger Name lautete Achito Zuluaga. Er wurde in der kleinen kolumbianischen Stadt Pesto geboren. Über die Leute aus Pesto, so hatte er mir einmal erzählt, würden in Kolumbien immer Witze gemacht, weil sie angeblich etwas zurückgeblieben wären. Aber das sei natürlich Quatsch. »Na ja, ein bisschen was wird schon dran sein«, hatte Jimmy lächelnd entgegnet. Wie Zac als kleiner Junge, ähnlich wie Onkel Jimmy, mit seinem Vater und seinen vier Geschwistern schlussendlich in New York landete, das, so beteuerte mir Francis, sei eine richtige Abenteuergeschichte mit allem, was zu einer Abenteuergeschichte dazu gehört. »Wenn er sie dir ganz erzählen soll, dann musst du noch ein paar Jahre hier arbeiten«, meinte er. Leider wurde der Einstieg in die Nacherzählung der Reise immer wieder verschoben, und letzten Endes blieb mir dieses Abenteuer verschlossen. Durch die Worte, mit denen Zac über seine Kindheit und Jugend in New York sprach, vermittelten sich mir Bilder von dunklen, heruntergekommenen Hinterhöfen in der Bronx, wo diverse rivalisierende Gruppen Jugendlicher aus allen möglichen Ländern aufeinandertrafen und man jederzeit in eine Messerstecherei verwickelt werden konnte. Als 16-Jähriger strebte Zac eine Karriere als Boxer an. »Ein paar Blocks von uns entfernt war so eine Boxhalle«, hatte er mir erzählt. »Irgendjemand hat uns damals drauf gebracht. Es sind fast alle von uns hingegangen.

Jeder dachte, er hätte was zu bieten. So war das eben bei uns. Aber nur zu mir haben sie gesagt, dass ich echtes Talent hätte.« Bei seinem ersten richtigen Kampf, so erzählte er mir, zog sich Zac allerdings eine schlimme Verletzung zu und musste deshalb, auch auf Drängen seines Vaters, das Boxen wieder aufgeben. Er hatte noch angefügt: »Ziemlich genau zu dieser Zeit trat aber dann sowieso eine andere, weit größere Leidenschaft von mir auf, die es eh unmöglich für mich gemacht hätte, Boxweltmeister zu werden – das Essen.« Und dabei hatte er sich auf seinen kugelrunden Bauch gepatscht.
»Ich halte es ehrlich gesagt für wahrscheinlicher«, hatte jedoch Murdock, Jimmys Lieferjunge, mir gegenüber erwähnt, »dass der wahre Grund, wieso Zac mit dem Boxen aufgehört hat, einfach folgender war: Er wurde in diesem ersten Kampf gleich derart vermöbelt, dass er sich nie wieder in einen Ring getraut hat.« Sei's drum. Zac musste einen neuen Weg einschlagen. Wenig später geriet er in die Gunst eines chinesischen Kaufmannes, für den er anfangs Botengänge erledigte, die er mir gegenüber nicht weiter erläuterte. Schließlich arbeitete er in einem von dessen Läden in Manhattan. Einem großen Fischgeschäft mitten in Chinatown. In einem Kühlraum musste er mit zwei anderen Männern Fische zerlegen. Im Laufe der Jahre arbeitete er noch in drei ähnlichen Läden und in der Küche eines chinesischen Restaurants in der Elizabethstreet. Bis er 1997 auf einem Straßenfest irgendwo in Chinatown meinem Onkel Jimmy begegnete und die beiden auf die Zunei-

gung, die sie sich entgegenbrachten, an einer Bude zwei oder drei Schnäpse kippten. Ein Jahr darauf wurde das Luncheonette eröffnet, in dem er seither ohne Unterbrechung tätig war.
Nebenbei hatte Zac seine große Liebe Carmina geheiratet, die zusammen mit ihren zwei Schwestern und ihrem Bruder im selben Haus in der Bronx aufgewachsen war wie er. Und die beiden hatten einen Sohn bekommen, Ramón, der mittlerweile zwanzig Jahre alt war und in einem Hotel in Atlantic City arbeitete. Zac hatte zuletzt mit Carmina in einer kleinen Wohnung in Harlem in der 122sten Straße gelebt, doch nur wenige Wochen vor meiner Ankunft in New York war sie ausgezogen. »Die Gründe dafür liegen auf der Hand«, hatte Francis zu mir gesagt. Es war nämlich so, dass Zac immer wieder beinahe sein gesamtes Gehalt nachts beim Internetpokern verspielte. Die Trennung von seiner Frau, die ihm sehr zusetzte, führte dazu, dass er, so behauptete Francis, noch mehr vor dem Computer saß als sonst, noch übernächtigter aussah und seine Unruhe sich noch weiter gesteigert hatte. Das konnte ich natürlich nicht beurteilen. Aber einmal hatte ich mitbekommen, dass er einen Teller mit zwei Spiegeleiern und Bratkartoffeln fallen ließ, und nur einen Tag später landete ein Berg Pancakes, den er zu schnell auf einen Teller befördern wollte, auf dem Boden. Worauf Jimmy zu dem Kunden, der die Pancakes bestellt hatte, sagte: »Was wolltest du noch mal? Einen Blaubeermuffin, richtig?«

Von Murdock erfuhr ich, dass Zac sogar einmal spätnachts bei Jimmy geläutet und ihn angefleht hatte, ihm mit einer relativ großen Summe Geld auszuhelfen. Jimmy hatte angeblich geantwortet: »Nein. Ich bin dein Freund. Aber genau deshalb werde ich dir kein Geld geben. Komm morgen früh zur Arbeit, und dann können wir uns gemeinsam was ausdenken, wie du's bekommst. Aber von mir kriegst du's nicht.« Das Ende der Geschichte war, dass er es ihm natürlich doch gegeben hat. Er drehte es nur so hin, dass es aussah, als hätte Dorothy Zac das Geld zur Verfügung gestellt. Aber jeder wusste, woher es wirklich kam.
Am Morgen meines ersten Arbeitstages im Luncheonette hatte mein mexikanischer Onkel, kurz bevor wir seine Wohnung verließen, noch zu mir gesagt: »Zac, das ist der kleine Dicke da unten, mit dem Schnauzbart, dem darfst du nie Geld leihen!« Das war einer der seltenen Sätze, die Jimmy zu mir im Bezug auf seine Angestellten sagte. Und ich weiß noch, dass ich nickte und sagte: »O.k.« Mir war dann etwas bange zumute, als wir die Treppe hinunterstiegen. Aber Zac hat mich nie um Geld gebeten.

Bliebe noch Patrick Murdock, Jimmys Auslieferungsjunge. Er war sechzehn Jahre alt und wurde von allen immer nur Murdock genannt. Warum, weiß ich nicht. Generell wusste ich nicht besonders viel über den schneidigen amerikanischen Burschen, der sich Tag für Tag mit einem knallroten Moped durch die

Manhattaner Verkehrshölle quälte. Einem Moped, auf dessen Seiten der weiße von unten schräg nach oben verlaufende Schriftzug *Jimmy's Grill & Luncheonette* angebracht war, und einer grauen, viereckigen Box auf dem Gepäckträger, in der sich dann die Rühreier oder das Omelett befanden, das er auszuliefern hatte. Eines fiel an ihm aber sofort auf: Egal, welcher Wochentag es war, egal, ob es in Strömen goss oder so schwül war, dass man fürchtete, spätestens zur Mittagszeit ohnmächtig zu werden, egal, ob seine New York Knicks verloren oder gewonnen hatten: Murdock war immer blendend aufgelegt. Vielleicht war das auch der Grund dafür, dass die übrigen Luncheonette-Angestellten, obwohl sie ihn an und für sich alle recht gern mochten, immer mit einem leicht missmutigen Tonfall mit ihm und vor allem über ihn redeten. Oft hörte man Sätze wie *Ach, Murdock schon wieder!* oder *Jaja, Murdock!* Oder so etwas wie *Ich weiß, Murdock hat das gesagt, aber ob es stimmt, ist noch mal eine ganz andere Frage!*. Und wann immer es eine besonders blöde Arbeit zu verrichten galt, eine Rührmaschine repariert werden musste, im Lagerraum zwei Müllsäcke aufgeplatzt waren und der Müll sich samt Speiseresten über den gesamten Boden verteilt hatte, hieß es mit hundertprozentiger Sicherheit *Darum kann sich ja Murdock später kümmern!*. Und sobald die Arbeit an ihn herangetragen wurde, machte er sich auch jedes Mal ohne Murren ans Werk. Vielleicht hatte dieser leise Groll über Jimmys Auslieferungsjungen auch etwas damit zu tun, dass einem nach fünf Stunden, die man am heißen Grill stehend im Luncheonette zugebracht hat, die Vorstellung, mit einem roten Moped im Fahrtwind durch die Gegend zu brausen, verteufelt angenehm wird. »Du willst wissen, wie ich zu diesem Job gekommen bin?«, hatte mich Murdock gefragt. »Ganz einfach. Mein Vater ist schuld. Er ist der Ansicht, solange man jung ist, soll man unbedingt solche grundsoliden, bodenständigen Jobs machen. Das würde einem im späteren Leben viel bringen. Weißt du, er hat immer in Jimmys Laden gefrühstückt, mein Vater. Macht er übrigens heute noch. Er liebt den Laden. Und als er mitkriegte, dass sie eine Auslieferungskraft brauchen, hat er mich sofort angeschleift.«

Aber fast seine gesamte übrige Zeit – die Zeit, die er nicht darauf verwendete, Rühreier spazieren zu fahren – modelte er. Das war seine Leidenschaft und zugleich sein großer Zukunftstraum. Dementsprechend sah er auch aus. Er war eine echte Augenweide. Sehr groß, muskulös. Markantes, trotz seiner jungen Jahre schon sehr männliches Gesicht. Augen, so blau wie ein Swimmingpool. Was das Modeln anbelangte, so musste er sich von Jimmy immer wieder abfällige Sprüche anhören, denn der fand, dass die Modelbranche zu den schlimmsten Branchen überhaupt zählte. »Ja«, hatte Murdock einmal mir gegenüber erwähnt, »Jimmy hat recht. Wirklich furchtbare Branche. Man wird berühmt, verdient einen Haufen Kohle, fliegt zu den schönsten Plätzen der Erde, ja, schlimm, echt widerlich. Weißt

du, wenn ich erst den Durchbruch geschafft habe, dann werde ich eines Tages mit meinem Maybach bei seinem Luncheonette vorfahren, reingehen und einen Cheeseburger mit Chilischoten bestellen. Und wehe, wenn auch nur ein Fitzelchen Chili zu viel drauf ist. Da wird er dann Augen machen, der Jim.«
Eine andere große Leidenschaft von Patrick Murdock war ein lesbisches Rock-Duo aus Los Angeles, das vorwiegend live auftrat und aus einer langen drahtigen und einer eher kleinen muskulösen Dame bestand. Das Duo nannte sich *Johanna and the Tits*. Fast jeden Tag, auch wenn wir uns nur kurz sahen, schwärmte mir Murdock von dieser Band vor. Er sagte: »*Johanna and the Tits*, das ist die beste Liveband, die ich je gesehen habe. Wenn sie wieder nach New York kommen, sag ich's dir. Dann müssen wir unbedingt zusammen hingehen.« Während meines Aufenthalts bei Onkel Jimmy kam ausgesprochen viel nach New York. Zum Beispiel die Ausläufer eines Orkans namens Cary, die der Stadt sintflutartige Regengüsse bescherten. Es war ein Wunder, das wir nicht ertranken. Allerdings sagte ein Taxifahrer zu mir: »Mann, das ist New York City. Das kümmert uns einen Scheiß!« Und ein schwarzes Ehepaar kam in die Stadt, das zusammen gut und gerne 350 Kilo auf die Waage brachte. Er war ein Kontrabassspieler und sie die Sängerin einer Bigband. Ich sah sie vorne am Hotel Sheraton ankommen und aus dem Taxi purzeln, mit allen Koffern und Hutschachteln. Als ich grinsen musste, fragte mich der Neuankömmling

ebenfalls lachend: »Worüber amüsierst du dich so?« Ich musste ihm einfach die Wahrheit sagen: »Ich habe noch nie so viel gut gelauntes und attraktives Fleisch auf einem Haufen gesehen.« Eine Stunde später saßen wir vor drei Cosmopolitan-Cocktails in der Bar vom Sheraton. Ich sollte diesen beiden während meines Sommers in New York immer wieder begegnen. Aber *Johanna and the Tits*, die kamen Gott sei Dank nie.

Wer neu nach Alcatraz kam, sollte gleich so richtig auf den Geschmack kommen. Dafür sorgten die Wärter. Den Weg zu seiner Zelle, den langen Gang entlang, musste man nackt zurücklegen. Unter dem Gejohle und Gebrüll der Insassen, die mit ihren Zinntassen immerzu an den Gitterstäben ihrer Zellen entlangratterten. Willkommen auf dem Felsen!

ICH WAR SCHON ÜBER EINE WOCHE in New York, als Jimmy das erste Mal von Alcatraz erzählte. Es war ein Donnerstag kurz nach Mitternacht. Das weiß ich noch genau, weil Jimmy jeden Donnerstagabend an einem Ort verbrachte, den er seinen Club nannte. Irgendeine Kneipe in der Upper East Side, in der Nähe der Park Avenue, wo sich mehrere Mexikaner trafen und eine Art Heimatabend veranstalteten. Was immer diese Mexikaner dort tranken, Jimmy hatte schon viel davon in sich, als er in dieser Nacht die Treppe hochschnaufte

und plötzlich in meinem Schlafgemach stand. Ein bisschen erschrocken legte ich mein Buch zur Seite. Er hielt mir seine Armbanduhr unter die Nase. »Ein paar Minuten nach Mitternacht«, sagte er in einem feierlichen Tonfall. »Da muss ich immer an meine Jungs denken. Um diese Zeit, da sind sie schon im Wasser gewesen.« Ich begriff nicht gleich, von wem er redete. Erst als die Worte San Francisco Bay und Gefängnisaufseher fielen, wurde mir klar, dass er die vier Gesellen meinte, die unten seinen Flur schmückten. »Eiskaltes Pazifikwasser, nass die Klamotten, die Schuhe vollgesogen. Und weißt du, die Strömung dort ist ganz gefährlich, die reißt alles mit sich.« Er schwieg einen Moment, und seine Augen waren ein bisschen zusammengekniffen, als spürte er einen rauen Windstoß auf seinen Wangen. Dann sagte er laut: »Aber sie haben es trotzdem geschafft.«
Er überredete mich, mit ihm nach unten zu kommen, schenkte uns beiden Brandy ein. Wir mussten in den Gang gehen, uns vor den vier Fotos aufbauen und auf jeden der vier der Reihe nach anstoßen. Jimmy trug eine schwarze Jeans, ein weißes Hemd und darüber ein graues Jackett. An den Füßen hatte er spitze Halbschuhe. Er war schick. Wie immer an den Abenden, an denen er in seinen mexikanischen Club ging. »Noch heute stehen sie auf der Liste der meistgesuchten Verbrecher Amerikas«, sagte er ernst, und seine schwarzen Augen leuchteten.
In diesem Flur, jeder von uns mit einem Brandyglas in der Hand, hat Jimmy angefangen, mir von seinen Jungs

zu erzählen. Und es wurde unser großes Thema. Es verging kein Tag, an dem wir nicht darüber gesprochen hätten. Über das Viertel in New York schob sich der Himmel der San Francisco Bay. Und manchmal war es mir fast, als könnte ich die Schwingen von Pelikanen hören.

Der ehemalige Alcatraz-Häftling Clarence Carnes mit der Gefangenennummer 714, der als junger Mann selbst in einen missglückten Fluchtversuch von der Gefängnisinsel verwickelt gewesen war, sagte später zum Thema Gefängnisausbruch: »In der Isolation lernt man, mit der Einsamkeit fertig zu werden. Aber das ist nur auf eine Art und Weise möglich, nämlich auf die, dass man sich in seinem Kopf immer wieder mit Möglichkeiten der Flucht beschäftigt. Allein der Gedanke an einen Ausbruch – das ist bereits die Freiheit.«

Auf die Frage nach seiner Zeit auf dem Felsen antwortete ein ehemaliger Alcatraz-Insasse in den 80er-Jahren: »Vorher, da war ich Häftling im Bundesgefängnis in Atlanta. Und dort, nur eine Zelle von meiner entfernt, war ein Kerl, von dem ich wusste, dass er schon mal ein paar Monate auf Alcatraz gesessen hatte. Als es hieß, man würde mich dorthin verlegen, fragte ich ihn: ›Wie ist es da?‹ Er schaute mich finster an, dann sagte er: ›Alcatraz ist Alcatraz.‹ Später, während meiner Jahre auf dem Felsen und bei allem, was ich dort erlebt habe, diesen ganzen fürchterlichen Dingen, habe ich oft an diesen Satz denken müssen. Ich weiß nicht. Ich glaube, es hat schon immer Orte auf dieser Erde gegeben, die man einfach nicht beschreiben kann.«

»DU MUSST ES DIR VORSTELLEN, ein Gefühl dafür kriegen«, sagte Onkel Jimmy an einem Sonntagvormittag, den wir beide gemeinsam in seiner Wohnung verbrachten, und er schleppte eine weiße Kiste aus Pappe unter seinem Arm herbei, die mit einem separaten grauen Deckel verschlossen war. Jimmy nahm sich alle Sonntage komplett frei, und mein Einsatz unten hing dann immer vom Kundenzulauf ab. An diesem Morgen hatte Francis lächelnd zu mir gesagt: »Geh und hab ein bisschen Spaß!« So schön es auch war, für eine gewisse Zeit zu Jimmys Crew zu zählen – man kann nicht behaupten, dass man unglücklich darüber war, wenn man nach sechs vollen Arbeitstagen so was zu hören bekam. Es war, glaube ich, mein erster richtiger freier Tag in New York. Draußen lachte die Sonne. Ich hatte mir auch ein paar Sachen vorgenommen, zum Beispiel wollte ich, nur mal eben so, bei dem Barnes & Nobles-Büchergeschäft auf der sechsten Avenue vorbeischauen. Natürlich völlig unabhängig von der Möglichkeit, vielleicht wieder diese blonde Schönheit mit der schwarz geränderten Brille anzutreffen, die manchmal in der Jugendbuchabteilung an der Kasse saß und immer etwas traumverloren aussah. Aber sofort, als ich

Jimmy in seiner Küche antraf und er mich mit einem gewissen Blick bedachte, wusste ich, heute stand etwas anderes auf dem Programm. Er war eben erst mit drei großen grünen Tragetaschen vom Whole-Food-Bio-Supermarkt nach Hause zurückgekehrt und damit beschäftigt gewesen, die Sachen in den Regalen und im Kühlschrank zu verstauen. Er kaufte immer dort ein am Wochenende. Jimmy war der einzige allein lebende Mann, den ich kannte, dessen Kühlschrank immer prall gefüllt war mit gutem, leckerem Essen. Saucen und Dips hatten es ihm besonders angetan. Dicht an dicht standen die kleinen Gläser mit Aprikosen/Senf-Sauce, scharfem Rucula-Pesto und anderen Leckereien in seiner Kühlschranktür.
Onkel Jimmy stellte die weiße Kiste auf dem langen Tisch aus dunklem Holz ab, der den Raum vor der Durchreiche zur Küche einnahm. Er entfernte den Deckel und breitete den Inhalt der Kiste Stück für Stück ordentlich auf der Tischplatte aus. Es handelte sich um Bücher, verknitterte Zettel, kopierte Fotografien – auf einer davon blitzte mir einer seiner vier speziellen Freunde, John, genannt J-Dub, Anglin spitzbübisch entgegen –, Landkarten, Broschüren und Postkarten. Onkel Jimmys gesammeltes Informationsmaterial zum Thema Alcatraz. Ich weiß noch, dass ich ehrfürchtig und auch ein wenig ratlos auf dieses Zeug hinabblickte, das einem zuallererst den Eindruck vermittelte, hier handle es sich um Unterlagen zur Stadtplanung San Franciscos, inklusive Hafenregion und Golden Gate Bridge.

»Na los, schau's dir an!«, sagte er.
Zögerlich griff ich nach einem kleinen, in Leder gebundenen Fotoalbum mit einem daran befestigten Gummiband, das die vordere Seite umschloss. Dieses Album hatte mein Interesse geweckt, vielleicht weil es unter all seinem Material am persönlichsten wirkte. Ich löste das Gummiband und blätterte ein wenig darin. Das Album war liebevoll gestaltet. Mit eingeklebten Artikeln, technischen Zeichnungen, Auflistungen verschiedener Art, Schwarz-Weiß-Aufnahmen. Hatte Jimmy das selbst gemacht? Ich weiß noch, dass ich über die Vorstellung, Jimmy mit Schere und Uhu-Kleber bewaffnet beim Basteln, ein bisschen schmunzeln musste.

Jetzt, an einem regnerischen Abend in Hamburg, wo mein Sommer in New York schon vorübergezogen ist und ich seiner Melodie wie aus weiter Ferne lausche, schlage ich das Album wieder auf. Auf der ersten Seite befinden sich zwei Zitate:

> »Es sieht danach aus, als hätte mir Alcatraz seinen feuchten Schmatzer aufgedrückt.«
>
> AL CAPONE

und

> »Jetzt können wir unsere Hände bis hoch zu den Ellbogen in das tauchen, was man Abenteuer nennt.«
>
> MIQUEL DE CERVANTES

Es folgt über mehrere Seiten ein ausgeschnittener Zeitungsartikel aus der Los Angeles Times. »The great escape of 1962«, der große Ausbruch von 1962, »vier Männer besiegen gemeinsam den Felsen«. Dann: Frank Lee Morris, im Alter von 35 Jahren aus dem amerikanischen Bundesgefängnis Alcatraz, nahe San Francisco, entflohen, seither nie wieder aufgetaucht. Fingerabdrücke, Fotografien: ein unglaublich böse dreinblickender Junge in verschiedenen Jugendstrafanstalten. Einmal im Alter von vierzehn und einmal von siebzehn Jahren. Ungefähr 1955 im Angola State Penitentiary. 1956 zum zweiten Mal im Bundesgefängnis Atlanta, sein Körper wirkt schmächtig, aber so, als ginge eine bedrohliche Dunkelheit von ihm aus. 1957 für kurze Zeit auf freiem Fuß in einer Bar in New Orleans, der Blick ist jetzt leicht herausfordernd und überheblich. 1960 in Alcatraz. Die Augen: vollkommen unbeteiligt.
Persönliche Daten: …
Haarfarbe: dunkelbraun.
Augenfarbe: hellgrau.
Größe: 1,70 m.
Ehemalige Wohnorte: 902 Howard Avenue, New Orleans, Washington, D. C.
Ausgeübte Berufe: Maschinenbauzeichner, Maler, Autoverkäufer, Tagelöhner, Boxer, diverse merkwürdige Anstellungen.
Tätowierungen: Teufelskopf am rechten Oberarm (…) eine »13« auf der oberen Seite des linken Zeigefingers (…) »N. T. S. B.« oder »N. B.« auf dem linken Oberarm.

Stern inmitten der Stirn (wurde entfernt).
Verwandte: keine Verwandten aufgelistet.
Zuvor, 1950, bei Haftstrafe folgende Aussagen: Die Eltern wären verstorben, als er elf Jahre alt war. Der Name seines Vaters laute Frank William Lyons, und er glaube, seine Mutter hieße Mary.
Aussage 1945: Die einzige lebende Verwandte sei die Tante Edith Wilson, wohnhaft in Elizabeth City, North Carolina. Spätere Versuche der Polizei, diese Tante ausfindig zu machen, waren vergebens.
1955 Sicherstellung von Akten der Stadt Washington, D.C., die Angaben zu Morris' Eltern enthielten: der Vater Edward Fred Morris, bei der Geburt 35 Jahre alt, Bauingenieur, die Mutter, Thelma Marie Phillips, 16 Jahre alt, Hausfrau.
Frank Lee Morris, Jimmys Liebling. Was haben wir in diesem Sommer nicht alles über diesen Mann geredet. Was hat mir Jimmy nicht alles aufgetischt!
Ich blättere weiter.
Die Brüder Anglin.
Zuerst John William: Mit 32 Jahren aus Alcatraz entflohen. Persönliche Angaben:
Größe: 1,82 m.
Haarfarbe: blond.
Augenfarbe: blau.
Hat zwölf Geschwister. Fünf Brüder (darunter Clarence, mit dem er zusammen flüchtete) und sieben Schwestern.
Ausgeübte Berufe: Farmer, Tagelöhner.

Fotos:
Juni 1955, zu Hause in Ruskin, Florida.
Ebenfalls 1955, neben einem Automobil mit wuchtiger, verchromter Front. Er hat seinen linken Fuß lässig auf der Stoßstange platziert. Er trägt ein weißes Jackett und eine gestreifte Krawatte. Er wirkt sehr fröhlich und irgendwie hungrig nach dem Leben.
1956 zusammen mit seiner Freundin Shirley, er umschlingt sie von hinten, noch fröhlicher.
1958 im Gefängnis von Atlanta, nicht mehr ganz so fröhlich. 1959 im Gefängnis Lewisburg, Pennsylvania.
1960 in Alcatraz, die Augen jetzt aggressiv, ein bisschen verstört.
Die nächsten Seiten widmen sich dem Bruder Clarence.
Alter zum Zeitpunkt des Ausbruchs: 31.
Größe: 1,81 m.
Haarfarbe: dunkelbraun.
Augenfarbe: blau, mit braunem Einschlag.
Narben: eine wie aus einzelnen kleinen Punkten zusammengesetzte Narbe zwischen den Augen.
Ausgeübte Berufe: Tischler, Tagelöhner, Farmer.
Fotos:
1948 als Kind, zusammen mit seinem Bruder John, beide auf Fahrrädern, beide barfüßig, ein Bild wie von einer altmodischen Schokoladenreklame.
1950 John und Clarence heben gemeinsam einen lebendigen, nicht ganz kleinen Alligator in die Höhe. J-Dub hält ihn vorne bei der Schnauze und Clarence hinten

am Schwanz. Beide mit triumphierenden Gesichtern, strahlend vor Glück.
1955 eine Aufnahme von einer weiten Wasserfläche. Seitlich im Bild hängt Clarence mit angezogenen Beinen und kopfüber, als wäre er von einer Kanone abgefeuert worden, in der Luft. Er trägt einen Badeanzug für Männer, wie sie zur damaligen Zeit wohl Mode gewesen sind.
Ca. 1955, während seiner Zeit auf der Flucht nach einem Gefängnisausbruch in Fort Meyers, Florida. Das sieht keineswegs nach Flucht, mehr nach einem berauschenden Abenteuer aus, breitbeinig, höhnisch lauernd, im Halbdunkel, sehr glatt gekämmtes Haar, er trägt eine Art dunkles Polohemd mit weißem Kragen.
1958 Clarence hält eine Fotografie seiner Freundin in Händen, wenige Tage vor einem Banküberfall. Auf dem Bild sieht er aus, als würde er sich ein wenig über sie amüsieren.
1958 im Gefängnis von Atlanta.
1961 in Alcatraz. Auf der Aufnahme hat er die Augen geschlossen.
Auf den nächsten Seiten:
Allen Clayton West.
Ein einziges Foto. Eine Nahaufnahme. Ein Kopf mit dunklem Kurzhaarschnitt. Ein schmales, hübsches, ebenmäßiges Gesicht. Aber in den Augen ist deutlich ein hinterlistiges, irres Flattern zu sehen.
Ein eingeklebter Text:
Auf Allen West ist der sogenannte »Große Ausbruch«

aus dem amerikanischen Bundesgefängnis Alcatraz zurückzuführen. Doch in der entscheidenden Nacht vom elften auf den zwölften Juni gelang es …

Ich sehe Jimmy noch vor mir, wie er sich an diesem Sonntagvormittag an den langen Tisch setzte, auf dem seine ganzen Schätze ausgebreitet waren, im Stuhl zurückgelehnt, die Hände hinterm Kopf verschränkt, und sagte: »Weißt du, dieses Gefängnis war ursprünglich nur ein Felsen im Meer. Ein gottverdammter, von Vögeln verschissener Felsen.«

Ich bin an diesem Tag nicht mehr zu Barnes & Nobles gegangen. Wir haben die Wohnung nicht verlassen. Spätabends, es war bereits dunkel, hat er uns beiden ein scharfes Tartar angemacht. Mit Kapern, rohen Eiern, Senf, Tabasco, Worchester-Sauce, Zwiebeln. Wir haben es verschlungen.

»Warum gibt es das eigentlich nicht in deinem Lokal?«, habe ich ihn gefragt.

Er warf seine Schürze in die Spüle und sagte: »Ich hab's ein paarmal angeboten. Will keiner. Ist französisch.«

11. April 1941,
Donnerstag, Savannah, Georgia.

AM FRÜHEN MORGEN, gegen 07:20 Uhr, als eine graue Leere langsam aus einer noch größeren schwarzen aufstieg, stapfte ein sehr zerschlagen aussehender Mann in einem faltigen Mantel aus dem Eingang eines weißen Hauses in der Vincentstreet. Das war der 43-jährige Wäschereibesitzer Seymour McGregor. Er war an diesem Morgen mit einem Bündel von Problemen beladen. Die Sache war eigentlich relativ simpel: Das Haus, aus dem er kam, war nicht sein Haus. Es war das Haus einer Frau, mit der er die Nacht verbracht hatte. Und er musste sich relativ bald etwas Schlüssiges einfallen lassen, um seiner Susy zu erklären, wo er in den letzten zwölf Stunden abgeblieben war. Sein Geschäft lief gerade alles andere als rosig, und am Abend zuvor war Susy wieder in eine ihrer Stimmungen verfallen. Hatte gesagt, wie unglücklich sie wäre. Dass sie sich davor fürchte, auf der Straße zu landen. Hatte zu weinen angefangen. Hatte ihm gesagt, er solle etwas unternehmen. Irgendwas. Zum Beispiel endlich die offenen Rechnungen vom Krämerladen bezahlen. Also war er mit den so ziemlich letzten paar Dollars, die er entbehren konnte, losgefahren. Na ja. Wie es eben so läuft. Unterwegs war ihm eingefallen, er könnte ja noch einen kleinen Schlenker machen zum Tigerclub oben am Freeway. Man hält das alles sonst einfach nicht aus. Und dort hatte er dann diese kleine Schlampe kennengelernt. Und alles, an was er sich an diesem Morgen noch erinnern konnte, war, dass sie einen Daiquiri nach dem anderen getrunken hatte. Und er leider auch. Und alles von dem Geld, das eigentlich für die offene Rechnung vom Paul's Krämerladen bestimmt war.

In dieser etwas tristen Verfassung näherte sich Seymour

seinem klapprigen Ford, dessen Hinterachse in letzter Zeit in Kurven beunruhigende Geräusche machte. Auch darum würde er sich bald mal kümmern müssen. An die Seitentür hatte er selbst, damals noch voller Enthusiasmus, mithilfe von Schablonen die weiße Aufschrift angebracht: »Snow White Laundry Seymour McGregor, phone 444 402, 24 hours Service«. Er wollte die Wagentür öffnen und brauchte einige Zeit, um zu begreifen, dass sie von innen verriegelt war. Erst jetzt blickte er durchs Fenster. Auf das Zündschloss, wo der Schlüssel noch steckte, dann auf die vordere Sitzbank. Das war der Moment, in dem McGregor feststellte, dass in seinem Wagen ein Mann übernachtete. Oder besser gesagt ein Wesen, von dem nicht viel mehr zu sehen war als ein brauner Strubbelkopf und zwei Füße in Schnürschuhen. Und eine Art Wollmantel, in den es eingewickelt war, das Wesen.

Fünfzehn Minuten später transportierte der feiste Sheriff Hesterton dieses Wesen, das sich als zwölfjähriger Junge entpuppt hatte, ab. Und McGregor machte sich auf den Heimweg in sein friedvolles Leben. Dass er es bereut hat, die Polizei geholt zu haben, davon wird er in den nächsten Tagen immer wieder anfangen. Das wird er den Jungs im Tigerclub oben am Freeway immer wieder sagen. Dass er einfach in keiner guten Verfassung gewesen war an diesem Morgen. Und nicht richtig klar denken konnte. Der Junge wollte doch nur übernachten. Er war von zu Hause weggelaufen, der Arme. Von seinem Vater, der ihn und den Rest seiner Familie immer verprügelt hat. Aber der dicke Hesterton mit seinen Schweißperlen, die ihm in den Augenbrauen hingen, hat ihn trotzdem mitgenommen. Er hat gesagt: »Das war dein erster Einbruch. Das wirst du dir jetzt überlegen, ob du diesen Weg einschlagen willst.« Noch oft hat Seymour von diesem Jungen erzählt. Der so verstört gewirkt hat. Und dem Sheriff gesagt hat, dass in seinem Kopf immer einer redet, dem er die ganze Zeit zuhören muss. Was Seymour McGregor damals nicht wissen konnte und später auch nie erfahren hat, war, dass dieser Junge namens Allen West für das, was er in dieser Nacht im April zum ersten Mal tat, weltberühmt werden würde: abhauen.

Die Zellen: 1,50 m breit, 2,70 m lang und 2,70 m hoch. Es gab eine harte Pritsche, ein Waschbecken, eine Toilette, einen winzigen Stuhl, einen Klapptisch. Das war alles. Jede Zelle hatte eine Nummer über der Gittertür.
Man durfte nichts an die Wand hängen. Wenn ein Gefangener das erste Mal in seine Zelle kam, fand er auf seiner Pritsche ein Heft mit den offiziellen Regeln und Vorschriften: Die Zelle ist sauber zu halten! Müll ist in den Mülleimer zu werfen! Das Handtuch muss gefaltet aufs Regalbrett gelegt werden! Das Rauchen ist in der Zelle erlaubt, in der Bibliothek und in Block A! Die Zelle darf zu jedem Zeitpunkt vom Gefängnispersonal durchsucht werden! etc.
Viele Alcatraz-Häftlinge berichteten später davon, wie

gut sie ihre Zelle und jeden einzelnen Fleck darin kannten. Sodass es ihnen, wenn sie sich dort aufhielten, manchmal vorkam, als wären sie selbst ein Teil der Zelle. Ein Gefangener berichtete: »Diese wenigen Meter waren alles, was man hatte, der einzige Rückzugsort, obwohl generell auf dem Felsen von Rückzug kaum die Rede sein konnte. Manchmal lag ich auf meiner Pritsche, die Arme unter dem Kopf verschränkt, machte die Augen zu und versuchte mir zu sagen: Ich bin zu Hause. Das half mir immer ein bisschen.«

MEIN ZIMMER IN NEW YORK war in etwa 15 Quadratmeter groß, hatte sehr hohe Wände, und es gab darin nichts als die flache, breite Matratze, ein ockerfarbenes, scheinbar aus dem vorletzten Jahrhundert stammendes Kanapee mit vier spindeldürren Holzfüßen, eine niedrige, ockerfarbene Kommode, und an der linken Wand waren unglaublich viele kleine, rechteckige Kisten übereinandergestapelt. Jede davon war mit einem weißen Etikett versehen, auf dem eine sechsstellige Seriennummer zu lesen war: 883488. Außerdem stand neben der Matratze auf dem dunklen Holzboden ein mit Staub überzogener Fernseher, der entsetzlich laut eingestellt war, aber die Fernbedienung, mit der man die Lautstärke hätte regulieren können, funktionierte nicht mehr richtig. Und ebenfalls auf dem Boden, am Fußende meiner Matratze, befand sich ein Ghettoblaster, mit dem ich abends ab und zu Radio hörte. Ich ließ immer einen Sender namens Radio Country laufen, der wehmütige Liebeslieder spielte, die klangen, als würden sie sich in den ewigen Weiten der Prärie verlieren. Das war ein merkwürdiger, aber schöner Kontrast zu dem draußen tobenden Manhattan. Außerdem hörte ich mir ab und zu spätabends eine Sendung an, in der ein Typ namens Anthony Jester, den ich mir wegen seiner Stimme ein bisschen wie den alten Gary Cooper in »High Noon« vorstellte, mit Anrufern plauderte. Über die Herausforderungen des Lebens.

An einer Stelle weit über meinem Kopfkissen hing an der Wand ein einzelnes Bild, eine gerahmte Tuschezeichnung. Auf der waren zwei ineinander verkeilte Boxer zu sehen. Jimmys Lebensgefährtin Dorothy hatte sie angefertigt. Mir gefiel diese Zeichnung. Beide breiten, angespannten Rücken strahlten sowohl Einsamkeit als auch Würde aus.

Das Fenster zeigte auf die 22ste Straße. Ich hatte es immer geöffnet. Jeden Abend drangen Stimmen von den Straßen zu mir ins Zimmer herauf. Man hörte den Verkehr auf der sechsten und siebten Avenue rollen. Und oft das Aufheulen der berühmten New Yorker Polizeisirenen.

Wenn ich mich in meinem Zimmer aufhielt, kam ich mir wie jemand vor, der sich verschanzt hat. Der in eine blöde Sache hineingeraten ist und jetzt bange und zurückgezogen die Ankunft von ein paar Killern erwartet. Das gab mir manchmal ein heldenhaftes, romantisches

Gefühl, aber es kamen auch Momente, in denen es mir Angst einflößte. Ich versuchte mir in diesen Momenten zu vergegenwärtigen, dass Onkel Jimmy irgendwo unter mir auf der Couch lag, und das half.
Zum Duschen musste ich jeden Morgen runter in Jimmys Wohnung. Das Duschen war während des gesamten Sommers immer eine leicht verzwickte Sache für mich. Man musste nämlich vorher am Boiler zwei kleine Schalter in die richtige Position bringen. Jimmy hatte es mir drei- oder viermal erklärt. Es war eigentlich nicht weiter schwer, aber ich bekam es trotzdem nie hin. Entweder verbrannte das Wasser, das aus der Brause kam, mir die Haut, oder es war eisig kalt, oder aus dem Wasserhahn schoss plötzlich pfeifend ein heißer Dampf, und Jimmys Badewanne versank im Nebel. Das führte jedenfalls dazu, dass ich häufig lieber stinkend zur Arbeit antrat.
Was sich übrigens in den kleinen Kisten befand, die in meinem Zimmer standen, das hatte mir Dorothy einmal erzählt. Es handelte sich dabei um genau 1500 Stück kleinfingerlange rote Spielzeugbienen, die man irgendwie an ihrem hinteren Ende aufziehen konnte und die dann ein bisschen durch die Luft segelten. Zusammen mit zwei Freunden hatte Jimmy einige Jahre zuvor diese Geschäftsidee entwickelt. Ich glaube, sie wollten die Dinger auf der Straße verkaufen. Aber allein die Tatsache, dass die 1500 Bienen jetzt hier in diesem Zimmer zwischenlagerten, sprach nicht dafür, dass ihre Kalkulationen – wie so einige in Jimmys Leben,

könnte man an dieser Stelle hinzufügen – vollständig aufgegangen waren.
Ich weiß nicht, warum, aber ich konnte in New York nie besonders gut schlafen. Eine innere Unruhe machte mir nachts zu schaffen. Als würde mir jemand unentwegt kleine Stromstöße verpassen. Ich wälzte mich wütend auf der Matratze umher und wirbelte dabei die dünne Decke durch die Gegend, die mir mein mexikanischer Gastgeber hingelegt hatte und die sich ein bisschen anfühlte, als habe sie bereits die Fahrt im VW-Bus von Mexiko-City nach Amerika mitgemacht. Und durch meinen erhitzten Schädel rauschten Bilder. Jimmy, Alcatraz, Eleanor, das Tickethäuschen am 23rd-Street-U-Bahn-Gleis, Barnes & Nobles, Fisherman's Wharf San Francisco, Caritas-Station Bahrenfelder Straße, Hamburg. In diese Bilder mischten sich auch solche, die Jimmy aus seinen Dokumenten beschworen hatte. Über die vier Ausbrecher, ihre Biografien, ihre Kindheit.
Aber in dieser Nacht von Mittwoch auf Donnerstag hatte ich sehr gut geschlafen, sogar ausgezeichnet, das weiß ich noch genau. Onkel Jimmy war am Abend zuvor mit Dorothy ins Kino gegangen, und ich hatte meine Chance sofort genutzt: Endlich hatte ich die Möglichkeit, in dem Tomatoe-Restaurant um die Ecke zu Abend zu essen, in dem es Burger, aber auch viele Fischspeisen gab. Das besondere Merkmal dieses Restaurants war, dass die Gerichte dort alle mit Tomaten in verschiedenen Ausführungen verfeinert bzw. serviert

wurden. Weil ich Tomaten lecker fand und das Lokal von außen sehr gediegen und angenehm aussah, hatte ich schon länger mal hingehen wollen, doch Onkel Jimmy hatte zweimal mit ganz ernstem Gesicht zu mir gesagt: »Das lohnt sich nicht! Ich hab's mal ausgetestet, aber es war eine Enttäuschung.« Jimmy zuliebe hatte ich mir einen Besuch dort bisher verkniffen.

Aber an diesem Abend war ich schließlich hingegangen. Im Anschluss an meinen doch recht schmackhaften Salat mit Scampi und Cocktailtomaten hatte ich noch einen Wodka getrunken, war leichtfüßig und zufrieden durch die schwüle Abendluft nach Hause marschiert, und praktisch schon beim Aufsperren der Wohnung waren mir die Augen zugefallen.

Ich weiß nicht, wie spät es war, jedenfalls war es noch tiefe Nacht, als die Tür zu meinem Zimmer aufgerissen wurde und das Licht anging.

Erschreckt und benommen fuhr ich hoch. »Jetzt kommen sie also doch, die Killer!«, schoss es mir sofort durch den Kopf. Aber vor der Matratze stand Onkel Jimmy. Er war vollständig angezogen, in Jeans und schwarzer Lederjacke. Und er klatschte ein paarmal energisch in die Hände, wie ein Footballtrainer, der sein Team anheizt.

»Los! Aufstehen!«, rief er. »Wir haben was vor!«

Ich weiß noch, dass ich innerlich verzweifelt aufstöhnte: Jaja, Pfannkuchen, New York. Einen richtigen Wellnesstrip hatte ich da gebucht.

Zehn Minuten später saßen wir beide, Jimmy scheinbar topfit und gut gelaunt am Steuer, ich grimmig und frierend neben ihm, in seinem silbernen Mercedes-Benz-Transporter und fuhren den FDR Drive North hinunter. Es regnete inzwischen. Und zwar ziemlich stark. Die Tropfen schlugen aufs Blechdach und ließen die grellen Farben der Reklamen und Verkehrslichter in der Nacht zerlaufen und verwabern.

Man merkte Jimmy an, dass er sich über diese Aktion extrem freute. Er sah mit entschlossenem und heiterem Blick durch die Windschutzscheibe in den Regen, als dehnte sich da draußen keine verdreckte, mehrspurige Autostraße, sondern ein sonnenbeglänztes Blumenfeld, redete unentwegt und gestikulierte dabei mit der rechten Hand, während er mit Daumen und Zeigefinger der anderen lässig das große Lenkrad führte. Ich muss gestehen, ich interessierte mich zu diesem Zeitpunkt nicht sonderlich dafür, was er sagte. In meinem Kopf drehte sich alles. Aber immerhin erfuhr ich gleich, wohin die Fahrt gehen sollte: in die Bronx, Hunts Point, zum neuen New Yorker Fischmarkt.

Jimmy sagte: »Wenn man in New York ist, dann muss man auch den Fischmarkt gesehen haben. Das ist fast wie ein Gesetz.«

»Es macht ganz den Anschein«, grummelte ich.

»Yep«, sagte er, »eine tolle Atmosphäre ist das dort. Die vielen Männer, die sich Nacht für Nacht an diesen tausend Tonnen von Fisch zu schaffen machen. Aus allen Weltmeeren. Ihn zerlegen, ausnehmen, herrichten, sodass er sofort an Restaurants, Fischläden und Großkonzerne verkauft werden kann. Du wirst sehen, das ist eindrucksvoll. Früher, da war der große Fulton Fischmarkt jahrhundertelang in Manhattan angesiedelt. Am South Street Seaport. Er war ein Wahrzeichen Manhattans. Beliebt bei den Touristen. Aber vor ein paar Jahren ist er dann in die Bronx umgezogen. Weil die Arbeitsbedingungen am Pier nicht die besten waren. Im Winter hat man sich unter freiem Himmel den Arsch abgefroren, und im Sommer hat die Sonne auf den Fisch geknallt. Jetzt in der Bronx arbeiten sie drinnen, in einer Fabrikhalle. Die New Yorker haben sich über den Umzug den Mund wund geredet. Viele meinten, sie trauern um ihre Stadt. New York ist nicht mehr, was es mal war. Alles verändert sich, und zwar wird alles immer nur schlechter, sagen sie. Anstatt dass sie sich ins Auto setzen oder meinetwegen in die U-Bahn und einfach da rausfahren. So schlimm ist das auch wieder nicht. Ein bisschen leid hat mir der Umzug damals nur wegen Steve getan. Einem Kollegen. Der hatte seinen kleinen Kaffeewagen dort unten am Pier. Sein Kaffee hat die Arbeiter nachts munter gemacht. Aber ich denke, dem geht's jetzt auch nicht so schlecht. Er war zwar am Anfang etwas sauer, aber dann hat er beschlossen, einfach mit umzuziehen. Schließlich hat er ja auch zwei Söhne, die studieren wollen. In der Halle darf er seinen Wagen nicht aufstellen, weil es für Außenstehende eigentlich nicht gestattet ist, sie zu betreten. Aber er hat einen guten Platz. Draußen, direkt davor. Er sagt, es geht schon, er macht trotzdem sein Geschäft.«

»Es ist nicht gestattet, in die Halle zu gehen?«, wiederholte ich.
Jimmy wandte mir kurz das Gesicht zu und lachte.
»Keine Sorge! Für uns machen die schon eine Ausnahme.«

Wir waren noch ungefähr dreißig Minuten unterwegs. Ich schnappte Straßennamen wie Bruckner Boulevard, Legget und Randall Avenue auf. Ansonsten schien diese Welt nur aus Wasser und aus schwindsüchtigem, verschwommenem Straßenlaternenlicht zu bestehen. Der Scheibenwischer mühte sich ab. Zum Schluss verfuhren wir uns noch, weil Jimmys Navigationssystem mit einer spanisch sprechenden Frauenstimme kurzzeitig den Geist aufgab.
Was soll ich sagen? Ganz so begeistert, wie mein Onkel meinte, war ich von diesem Fischmarkt dann doch nicht. Die riesige Fabrikhalle, in der er stattfand, war ein düsteres, unheilvoll wirkendes Gebäude, das sich in einem wie abgeschotteten Bereich innerhalb eines weitläufigen Industriegebietes befand. Man hatte sofort den Eindruck, hier galten eigene, erbarmungslose Gesetze. Die Halle war von vielen seltsamen, heruntergekommenen, mit Graffiti besprühten Schuppen, verriegelten Buden und Bungalows gesäumt. Mehrere Scheinwerfer waren an der einen Außenwand der Halle befestigt und in den Himmel gerichtet. Sie schnitten lange, grelle Säulen, die nach obenhin immer breiter wurden, aus der Nacht, in denen man den Regen wirbeln sah. Es

stank, wie man sich vorstellen kann, bestialisch nach Fisch. Und wie man sich auch vorstellen kann, ist das nicht gerade der angenehmste Geruch, wenn man eben erst aus dem Schlaf gerissen wurde. Jimmy ging sofort in die Halle hinein, plauderte mit allen und amüsierte sich. Und ich blieb draußen stehen, weil ich mich davor fürchtete, hier irgendwo in der Bronx bei Nacht verhaftet zu werden. Ich warf nur mal einen kurzen Blick in das Gebäude hinein und sah gleich beim Eingang einen aufgetürmten Berg aus mehreren ziemlich großen Fischen mit dunkelblauem Rücken. Ihre blutigen Kiemen atmeten noch verzweifelt. Das genügte mir. Ich trank ungefähr zehn Kaffees bei Steve, von dem nicht viel mehr zu sehen war als ein schmaler, viereckiger Ausschnitt seines geröteten Gesichtes, weiße Bartstoppeln und ein Paar hellbrauner, warmer Augen, der Rest seines kleinen, gedrungen wirkenden Körpers war fest vermummt in ein Regencape. Er hielt sich meistens mit beiden Händen an seinem kleinen Wagen fest, an dem ein gelbes Fähnchen mit der Aufschrift »Snacks and Coffee« seitlich keck in die Luft stach. Er hatte etwas von einem Seemann, der mutterseelenallein in einem viel zu kleinen Boot auf dem weiten, aufgepeitschten Ozean treibt. Der Kaffeewagen war sein Boot. »Es werden wieder bessere Zeiten kommen, was, Kleiner?«, rief er mir zu.

Zwischendurch trat Jimmy immer wieder mit federndem Gang zu uns hinaus und sagte mir zum Beispiel, woran man die Frische eines Fisches erkennt.

Er meinte, man erkenne das irgendwie an den Augen. Aber mein Interesse an dieser Methode hielt sich in Grenzen. Und ich hoffte darauf, dass sie nicht allzu oft gefragt sein würde in meinem zukünftigen Leben. Wir vertraten uns da draußen noch ein bisschen sinnlos die Beine. Seine Fäuste in die Hosentaschen gestemmt, redete Jimmy wieder über das, worüber er am liebsten und beinahe immer redete, egal, ob er gut drauf war oder nicht, egal, ob es regnete oder nicht. Er sagte: »Ich hab dir ja schon oft erzählt, wie unsagbar schwierig es ist, aus so einem Gefängnis wie Alcatraz zu entkommen. Aber, weißt du, ich will dir mal was sagen. In meinen Augen gibt es eine Sache, die ist noch viel, viel schwieriger. Nämlich dass du, wenn der Ausbruch geschafft ist, fast fünfzig Jahre mit niemandem, nicht einer Menschenseele, darüber reden kannst. Nicht erzählen kannst, was dir da gelungen ist. Das musst du dir mal vorstellen. Diese Geschichte tief in sich zu verscharren und weiterzuleben, das ist für mich die eigentliche Heldentat.«
Er blieb kurz stehen, sah zum Himmel auf und ließ die Tropfen auf sein Gesicht fallen. Ich betrachtete ihn. Und wie er da so fest und breitbeinig dastand in dieser finsteren, nassen Trostlosigkeit, da wirkte er mit einem Mal auf mich, als sei er selbst ein kleiner, sturmumtoster Felsen. Ein mexikanischer Felsen wohlgemerkt. Und ich fühlte Ergriffenheit darüber, was für seltsame und einzigartige Flammen in den Herzen der Menschen züngeln. Und plötzlich war ich verdammt glücklich

dort zu sein, wo ich war – zusammen mit Onkel Jimmy draußen im Regen. Hinten auf seiner Lederjacke war übrigens ein grellrotes RT zu lesen. Ich hatte ihn die ganze Zeit fragen wollen, was das bedeutet, aber am Ende vergaß ich es.

Als wir mit 10 kg Red Snapper und 5 kg atlantischem Hering im Kofferraum wieder in Chelsea ankamen, erwachte der Tag langsam. Die Straßenbeleuchtung war noch an, aber die Häuser, der Gehsteig und die Bäume waren schon vom anbrechenden Morgen berührt worden. Es fielen jetzt keine Tropfen mehr vom Himmel, aber der Regendunst hing noch überall. Und man atmete seinen Geruch.

»The boys are back in town«, sagte Jimmy, als wir das Luncheonette betraten. Jeder von uns trug ein Bündel Fisch auf dem Arm. Zac und Francis hatten bereits die Grillfläche im Laden angeschmissen, und Matthew und Hank, die auf der anderen Straßenseite ein Speditionsunternehmen hatten und immer früh aufstehen mussten, hingen träge über der Theke und schlürften Kaffee. Hank zählte Zac die Namen der vier berühmten Frauen auf, mit denen er angeblich geschlafen hatte.

»Und jetzt?«, fragte Zac schließlich, der wieder mal ganz gerötete Augen hatte. Er wischte langsam mit einem Lappen die Theke ab. Hob eines der Sirupfläschchen in die Höhe und fuhr mit dem Lappen darunter.

»Was soll das heißen – und jetzt?«

»Na, mit wem schläfst du jetzt?«

Hank gab Matthew einen festen Klaps auf den Rücken. »Mit ihm.«

Die Gefangenen erhielten Unterkunft, gutes Essen, ärztliche Versorgung – das Lebensnotwendige. Alles Übrige waren Privilegien, die sie sich durch gute Führung verdienen mussten: Sport im Freien, Bücher und Post. Eines der begehrtesten Privilegien war der Freiganghof, auf dem es auch ein Feld für verschiedene Ballsportarten gab.
Im Gefängnis von Alcatraz gab es vier Blocks, in denen sich auf drei Stockwerken übereinander die Zellen befanden. Zellblock A bis Zellblock D. Der Gang zwischen Zellblock A und B wurde Michigan Avenue *genannt, der zwischen B und C* Broadway *und der zwischen C und D* C'D-street. *C'D wurde wie das englische Adjektiv* seedy *ausgesprochen, das im Deutschen schäbig bedeutet.*
Der quer zu diesen Gängen verlaufende Korridor am westlichen Ende des Zellhauses mit der großen Uhr, die über dem Eingang zum Speisesaal hing, wurde als Times Square *bezeichnet.*

»DU SAGST IMMER, sie haben es geschafft. Aber überall steht, sie haben es nicht geschafft.«
Jimmy sah mich ernst und stumm an. Ich wartete auf sein Grinsen, aber es kam nicht. Man konnte deutlich erkennen, dass sich etwas in seinem Gesicht verhärte-

te. Ich dachte plötzlich, so sieht Jimmy aus, wenn man Ärger mit ihm bekommt. Kein gutes Gefühl. Und ich erinnerte mich daran, was er mir über den großen Ausbruch erzählt hatte:

In der Nacht vom elften auf den zwölften Juni 1962 schickten sich drei Gefangene an, aus Alcatraz auszubrechen. Die Brüder Clarence und John Anglin und ihr Kompagnon Frank Lee Morris. Sie hatten den Ausbruch, der bis zum heutigen Tag zu den raffiniertesten und berühmtesten Fluchtversuchen in der Gefängnishistorie der USA zählt, über ein Jahr lang im Geheimen vorbereitet. Den Plan dazu hatte ein vierter Mann ausgetüftelt – Allen Clayton West. Der Plan, für dessen Umsetzung eine unglaublich große Zahl von Behelfsgegenständen verwendet wurde, sogar ein eigens aus Regenmänteln zusammengenähtes 4,50 m langes und 1,80 m breites Floß sowie Schwimmwesten mit zwei Mundstücken zum Aufblasen daran und zusammengeleimte Holzpaddel, sah folgendermaßen aus: Die vier Ausbrecher sollten direkt von ihren Zellen aus entkommen. Diese Variante war neu. Sie war bei den vorausgegangenen Ausbruchsversuchen nie gewagt worden. Zu riskant, dachte man. Schließlich hatten die Wärter ständigen Einblick in die Zellen, und diese konnten jederzeit durchsucht werden. Aber die vier Männer gingen es an. Sie vergrößerten Abend für Abend die schmale Belüftungsöffnung in ihren Zellen, bis man sich schließlich hindurchzwängen konnte. Zum Graben hatten sie sich aus mühsam und mithilfe vieler anderer Häftlinge herbeigeschafftem Material richtige Werkzeuge zusammengebastelt. Hammer, Meißel, Bohrer. Aber man geht davon aus, dass vor allem mit Eisenlöffeln und Suppenkellen gearbeitet wurde, die man aus dem Speisesaal gestohlen hatte, deren Griffe man abbrach und deren Stiele man spitzte und schärfte. Tatsächlich wurden nach ihrer Flucht dreizehn Löffelgriffe und ein Suppenkellengriff in zwei Dosen mit Zementfarbe gefunden. Frank Lee Morris arbeitete in der gefängniseigenen Schreinerei und konnte einige wertvolle Utensilien beschaffen. J-Dub war in der Friseurstube beschäftigt und sackte Haare ein. Und sein Bruder Clarence lieferte Regenmäntel aus der Kleiderfabrik. Durch Bitt- bzw. Verlegungsgesuche hatten die vier Gefangenen dafür gesorgt, dass sich ihre Zellen in unmittelbarer Nähe voneinander und in einer für die Flucht strategisch notwendigen Lage befanden. Ebenerdig, inmitten des Gefängnisganges, der *Michigan Avenue* genannt wurde. Clarence und J-Dub hausten nebeneinander in den Zellen B-152 und B-150, und vier bzw. fünf Zellen weiter wohnten Allen West und Frank Lee Morris in B-140 und B-138. Gearbeitet wurde von 17:30 Uhr bis 21:30 Uhr, wenn das Licht gelöscht wurde. Im Schichtwechsel. Einer hackte den Zement aus der Wand, der andere hielt einen kleinen Spiegel zwischen seinen Gitterstäben hindurch und schlug sofort Alarm, wenn ein Wärter nahte. Denn ihre Arbeit musste zwischen den stündlichen Kontrollgängen der Aufseher erledigt werden. Zementbrocken aus der Zellenwand trugen die Gefangenen in ihren Hosentaschen hinaus, wenn Hofgang angesetzt war.

Die vier gaben vor, an Malerei interessiert zu sein, ließen sich Leinwand und Farbe bringen und fertigten daraus meisterliche Abbilder des Wandstücks rund um das Lüftungsgitter, mit denen man die Löcher in den Wänden verdecken konnte. Außerdem stellte jeder eine Attrappe seines eigenen Kopfes her, die man aufs Kissen legte, um so den Wachhabenden bei schwacher nächtlicher Beleuchtung den Eindruck eines schlafenden Häftlings zu vermitteln. Diese Attrappen waren wahre Kunstwerke. Hergestellt aus einer Mischung aus Gips, Zementstaub, Seife und Toilettenpapier. Man bemalte die künstlichen Köpfe und beklebte sie mit Haaren. Als Bartstoppeln verwendeten sie die Borsten von ihren Zahnbürsten. Die Brüder John und Clarence gaben den künstlichen Köpfen sogar Namen: Oink und Oscar.

An einem Abend im Mai 1962 krochen Morris und die beiden Anglins das erste Mal aus ihren Zellen und gelangten in den dahinter gelegenen schmalen Versorgungsgang. An Rohren kletterten sie weit hinauf, bis direkt unter den großen Lüftungsschacht in der Decke des Zellhauses, der in die Freiheit führte. Eben dieser Lüftungsschacht war Allen West Monate zuvor aufgefallen, als er zu Malerarbeiten dort hinaufgeschickt wurde. Und er hatte ihn zu seinem Fluchtplan inspiriert.

Allerdings war noch immer viel zu tun. Der große Lüftungsschacht war an seinem Kopfende mit schweren Eisennieten befestigt, die man irgendwie entfernen musste. In einer schauspielerischen Glanzleistung gelang es Allen West, die Gefängnisverwaltung von der vollkommen absurden Theorie zu überzeugen, dass man alte Wolldecken um den Schacht herumhängen müsse, um das ständige und fürchterlich nervige Herunterregnen von brüchigen Farbresten auf die einzelnen Zellen und den Boden des Zellhauses zu verhindern. Wofür in Wahrheit vor allem er selbst verantwortlich war.
In der Zeit nach der Flucht bis zur endgültigen Schließung von Alcatraz im Jahr 1963 und noch darüber hinaus wiesen Angestellte und Befehlshaber des Gefängnisses sich gegenseitig die Schuld dafür zu, diese blödsinnige Aktion gebilligt zu haben. Die Wolldecken boten den Ausbrechern jedenfalls einmal am Tag, während die Kopfattrappen in ihren Betten lagen, die Gelegenheit, für eine Stunde dort oben hinaufzuklettern. Und zwar immer zwischen halb sieben und halb acht Uhr abends während der sogenannten Musikstunde, in der die Insassen ihr Musikinstrument spielen durften und dadurch den Lärm der oben verrichteten Arbeit durch sehr lautes und, nebenbei bemerkt, nicht ganz harmonisches Kreischen, Quieken und Schrammeln übertönten. Immer zu dieser Stunde arbeitete Morris, auf den die Wahl gefallen war, verdeckt durch die Wolldecken in fiebriger Hast, seinen Blick starr nach oben gerichtet, die Arme weit in die Höhe gereckt, daran, die

Eisennieten vom Mauerwerk zu lösen. Das geschah mit einem eigens hergestellten Bohrer, der aus einem elektrischen Rasierapparat gebaut worden war, sowie einem Sehrohr und einer Stablampe. Kein Wärter bekam etwas davon mit. Im Laufe der Zeit entwickelte sich der abgedeckte Bereich dort oben zu einer Art Werkstatt, in der Werkzeug, Farbe und diverse Materialien gelagert werden konnten. Auch das Floß, die Paddel und die Schwimmwesten wurden parallel zu Morris' Arbeit von den beiden Brüdern angefertigt. Nur Allen West blieb jedes Mal in seiner Zelle, um, wie er meinte, die Augen offen zu halten. Er konnte die anderen drei mithilfe einer Konstruktion, bei der man einfach von der Zelle aus an einer Schnur zog, warnen, sobald Gefahr drohte. Das war äußerst selten der Fall. Aber die Tatsache, dass er seine Zelle nie verließ, wurde ihm später zum Verhängnis.

In der entscheidenden Juninacht schaffte er es als Einziger nicht, durch die Öffnung in seiner Wand zu kriechen. Wie die anderen legte er die Kopfattrappe auf das Kissen, beulte die Decke aus, doch konnte er sich dann, sosehr er sich auch anstrengte, mit seinen Schultern nicht durch das Loch zwängen.

West gab später zu Protokoll, Frank Morris sei hinter seiner Zelle aufgetaucht und habe ihm noch eine Zeitlang dabei geholfen, die Wand aufzubrechen. Es gelang ihnen nicht. Morris türmte schließlich so schnell es ging, weil er fürchtete, dass die Anglins ihn sonst zurücklassen würden.

So waren es also nur noch drei Ausbrecher, John und Clarence Anglin und Frank Lee Morris.
Sie kletterten gegen 21:50 Uhr an einem für San Francisco ganz typischen, windigen Abend den Versorgungsgang hinauf und durch den freigelegten großen Lüftungsschacht, der das Zellhaus mit Frischluft versorgte, hinaus aufs Dach, ins Freie. Von dort ließen sie sich an einem 15 Meter hohen Rohr die Außenmauer hinunter, das dabei laut gegen Wand donnerte. Die wachhabenden Männer hörten das seltsam dröhnende Geräusch zwar, wie sie im Nachhinein angaben, unternahmen jedoch nichts. Die Spuren der drei Verbrecher ließen sich bis zum Wasser verfolgen. Ob das Floß die Strapazen bis dorthin heil überstanden hat, ist ungewiss. Und auch über das, was anschließend passierte, kann man nur spekulieren. Eines ist sicher: Die drei wurden nie wieder gesehen. Erst am Morgen des nächsten Tages um 07:15 Uhr wurde der Ausbruch entdeckt. Ein Wärter bekam den Gefangenen mit der Nummer 1441 nicht aus seinem Bett. Er sprang, wie seine Kollegen später leicht spöttelnd bemerkten, ganze zwei Meter zurück, nachdem er die Bettdecke entfernt hatte und nichts im Bett vorfand außer einem losen Kopf, der vom Kissen herunter auf den Boden kugelte. Binnen Minuten wurde Großalarm ausgelöst und eine umfassende Suchaktion gestartet. Hubschrauber schwärmten aus, Patrouillenboote klapperten die Küste ab, und an den Küstenstraßen wurden Sperren errichtet. Eine gewaltige Armee nahm die Fährte der Ausbrecher auf.

Die Suche nach den Entflohenen wurde auf die gesamten USA ausgeweitet, in jedem Sheriffbüro hing ihr Steckbrief. Aber die drei blieben verschwunden.
Laut eigener Aussage gelang es West irgendwann in dieser Nacht, als die drei anderen schon lange entkommen waren, doch noch aus seiner Zelle zu kriechen. Er kletterte bis hinauf aufs Dach. Jimmy hatte zu mir gesagt: »Man sieht ihn richtig dort oben stehen, allein, während die Sonne ihre ersten Strahlen über die Bay aussendet. Er, der diesen Weg in die Freiheit aufgezeigt hat. Und ihn als Einziger nicht gehen konnte. Er muss bitterlich geschluchzt haben.«
Die meisten später eingeholten Informationen über den Hergang des Ausbruches sowie alles, was damit zusammenhing, stammten von Allen Clayton West (so zum Beispiel die Aussage, dass über 50 Regenmäntel verwendet wurden). Und um sein Zurückbleiben ranken sich bis heute Gerüchte.
»Weißt du«, hatte Onkel Jimmy einmal zu mir gesagt, »Allen West war ein Kerl, der nur ganz schwer einzuschätzen war.«
Jimmys Bewunderung für diesen Mann in allen Ehren. Aber aus dem Material in seiner Kiste ging vor allem eines deutlich hervor: dass man Allen West nicht so ohne Weiteres gernhaben konnte. Es wurde einem das Bild eines äußerst launischen, bösartigen, gefährlichen Mannes vorgeführt. Eines Mannes, der auf Alcatraz immer wieder in die Finsternis einer der Isolierzellen im D-Block gesperrt wurde, weil er nicht ruhig zu

kriegen war. Er hatte einen schmächtigen Körperbau, eine braune Kurzhaarfrisur und eine Spur Wahnsinn in den Augen. Sein Verhalten war offenbar so, als hätte er es sich von Filmgangstern abgeschaut. Er ging wie sie, redete wie sie etc. Sein Alcatraz-Mithäftling Clarence Carnes sagte, West hätte tatsächlich eine Ähnlichkeit mit dem Schauspieler Montgomery Clift aus »Verdammt in alle Ewigkeit« gehabt. Er meinte, er wäre hübsch gewesen, mit weichen Gesichtszügen. Man hätte zuerst gar nicht gedacht, dass er so ein verdammt tougher Typ war. »Aber es dauerte nicht lange«, sagte Carnes, »und dann schnallte man, dass er zu der Sorte gehörte, die sich gern mit einem Messer ausdrückt.« Trotzdem, hat Carnes weiter gesagt, wäre er nicht dumm gewesen. Er war gut darin, anderen Menschen etwas vorzumachen.

»Es ist möglich, dass er den Ermittlern einige wichtige Details über den Ausbruch verschwiegen hat. Andererseits prahlte er gern. Und hätte wohl kaum der Versuchung widerstehen können, so eine heldenhafte Geschichte nicht in allen Einzelheiten auszubreiten.« In der Regel war er in einem hohen Maße nervös. Nur nicht beim Schachspielen. Da wurde er angeblich sehr still und überlegte lange, bevor er einen Zug machte. Als Kind, während der großen Depression, hatte West mit seinen Eltern und seinen zwei Schwestern im armen Teil von Savannah, Georgia, gelebt. Sein Vater hatte im Ersten Weltkrieg ein Bein verloren und versuchte sich in verschiedenen Berufen. Als Mechaniker, Elektriker, Maschinist. Oft gab er seinen gesamten Lohn für Alkohol aus. Die Familie musste sich immer wieder vor seinen Prügelattacken in Acht nehmen. Gemäß seiner Akte ist Allen West ungefähr ab seinem vierzehnten Geburtstag, zumindest in den kurzen Zeitabständen, in denen er auf freiem Fuß war, nur noch mit Diebstählen und Raubüberfällen beschäftigt gewesen. Er hat von Jugend an in unzähligen Gefängnissen gesessen. Aus beinahe allen hat er versucht auszubrechen. Manchmal ist es ihm auch gelungen. Er wurde aber immer wieder geschnappt. Es war nicht sonderlich schwer, seiner Fährte zu folgen. Er klaute teure, auffällige Wagen, brauste mit ihnen umher und ballerte mit Shotguns durch die Gegend. Er war einer der wenigen, die zweimal in Alcatraz einsaßen. Von 1954 bis 1956 und von 1958 bis 1963, als die letzten Häftlinge Alcatraz verließen. Seine Gefangenennummer zur Zeit des Ausbruches war 1335. Über einen längeren Zeitraum hinweg, während seines zweiten Aufenthaltes auf dem Felsen, versuchte West Mitstreiter für seinen Ausbruchsplan zu gewinnen. Aber niemand traute ihm so recht über den Weg. Doch Mitte 1960 wurden die Anglin-Brüder nach einem gescheiterten Fluchtversuch vom Bundesgefängnis Leavenworth nach Alcatraz verlegt. West kannte sie bereits. Er hatte mit den Brüdern einmal in Raiford eingesessen. Und ein weiterer Ex-Raiford- und Ex-Atlanta-Kollege von West war bereits im Januar 1960 nach Alcatraz verfrachtet worden – Frank Morris. Und diese drei Männer griffen Wests Idee schließlich

auf und setzten sie gemeinsam, sorgfältig ausgetüftelt, in die Tat um.
Allen Clayton West hat sich mehrmals, bei verschiedenen Gefangenenaufständen oder als Protest, selbst mit einem Messer die Achillessehnen durchtrennt. In einer der Haftanstalten, in denen er seine Zeit absaß, Reidsville, ist er morphium- und tablettenabhängig geworden. Und zu guter Letzt war Jimmys Held auch noch ein Rassist. Er hasste Schwarze. Und obwohl er selbst auf Männer stand, attackierte er andere Homosexuelle. In dem Film »Flucht von Alcatraz« mit Clint Eastwood, der die Geschichte des Ausbruches erzählt, wird seine Figur nicht einmal erwähnt. Weil sie viel zu streitbar gewesen wäre. Jimmy fand das einen Skandal. Darüber hinaus wurde immer wieder gemutmaßt, dass Wests Behauptung, er sei nicht aus seiner Zelle herausgekommen, nicht stimme. Viele Menschen, die es mit ihm zu tun gehabt hatten, meinen, er hätte im entscheidenden Moment den Schwanz eingezogen. Weil er Schiss hatte. Vor dem Wasser. Den Haien. Das hätte zu ihm gepasst.
Jimmys Kommentar zu diesem Vorwurf: »Du wirst mir zustimmen, dass es bei einer Figur wie ihm naheliegt, alles schlechtzureden.«
Nun gut. Aber schönreden ließe sich bei ihm auch nicht eben viel.
Gute zehn Jahre nach seinem Ausbruchsversuch aus Alcatraz, am 30. Oktober 1972, erstach Jimmys Schutzbefohlener im Bundesgefängnis von Florida einen Mit-

häftling. Vermutlich aus rassistischen Beweggründen. 1978 starb er an einer Bauchfellentzündung.
Was immer von Allen West zu halten war, er hatte sich den Ausbruch ausgedacht. Den Plan, der schließlich die drei Männer in einem selbst gebastelten Floß auf das Wasser hinaustrieb. Was sonst noch so alles passierte in dieser Nacht in der San Francisco Bay weiß man nicht. Wie viele Geschichten noch dort ihren Anfang oder ihr Ende nahmen, wird nie zu klären sein. Von einer Geschichte jedoch lässt sich zumindest ansatzweise berichten. Eine traurige Geschichte. Sie handelt vom fünfundvierzigjährigen schwarzen Seymour Webb, der ungefähr zur gleichen Zeit auf der Golden Gate Bridge ein Geländer überkletterte und sich in die Tiefe stürzte. Aus Liebeskummer. Seine Leiche wurde nie gefunden.

»Sie haben es geschafft«, sagte Jimmy und ließ mich dabei nicht aus den Augen. »Ich weiß, dass sie es geschafft haben. Das ganze offizielle Amerika will uns klarmachen, dass sie die Flucht nicht überlebt haben. Das niemand je von diesem Felsen weggekommen ist.«
Wir saßen auf einer der braunen Bänke im Union Square Park. Es war ein Dienstag und dreizehn Uhr vorüber. Jimmy hatte für uns beide eine kleine Mittagspause anberaumt. Es war an diesem Tag sehr schwül und die Luft unangenehm hell. Es tat gut, unter den Bäumen zu sitzen, in dem sanften, grün schimmernden Licht. Überall standen, saßen oder marschierten Menschen. Und ich hatte wieder mal den Eindruck,

deutlich die unsichtbare, persönliche Schutzhülle erkennen zu können, die die meisten Leute in Großstädten wie New York scheinbar selbstverständlich um sich herum aufgebaut haben, während sie unterwegs sind. Sie gehen damit zur Arbeit, sitzen damit nebeneinander in der U-Bahn. Ich habe mir oft gewünscht, auch so eine Schutzhülle bilden zu können. Aber es war mir nie ganz geglückt. Sie war nie stark genug gewesen, und so sickerte immer zu viel von außen in mich hinein.

Die Leute schienen mir an diesem Tag alle etwas leicht Angestrengtes an sich zu haben, als gelte es, schwere Hindernisse zu überwinden. Trotzdem strahlten sie diese enorme Manhattaner Zielsicherheit aus.

Sogar der herumbrüllende Bettler in dem schweren Anorak, bei dessen bloßem Anblick man schon schwitzte, wirkte irgendwie zielsicher. Rings um uns wurde gerade in vielen Ecken Mittagessen verzehrt, man löffelte aus einer Pappschachtel Reis mit Huhn, biss in ein Sandwich. Bei denen, die im Gehen aßen, kam es relativ häufig vor, dass Teile aus dem Sandwich herausfielen und auf dem brodelnd heißen Asphalt liegen blieben. Das Gesumm von Stimmen und Gelächter war laut. Und über allem tönte der Verkehrslärm wie Wellen, die wütend gegen einen Strand anstürmen.

Jimmy griff in seine Hosentasche und fütterte eines der unglaublich fetten Eichhörnchen, die hier wohnten und halb so groß waren wie man selbst. Den Blick auf drei Jugendliche gerichtet, die einige Meter von uns entfernt einen Breakdance aufführten und von denen einer die Figur eines zu prall gestopften Kissens hatte, aber sich mindestens ebenso ins Zeug legte wie die anderen beiden und quer über den Asphalt wirbelte wie ein überdimensional großer Kreisel, forderte er mich zu einem Spiel auf. Ich sollte Argumente bringen, die dafür sprachen, dass seine Helden bei ihrer Flucht gescheitert waren.

Mein erstes Argument in dem Spiel mit Jimmy: »Nur weil ihre Leichen nicht gefunden wurden, heißt das nicht, dass sie überlebt haben. Selbst die Körper von Selbstmördern, die man beim Sprung in die Bay beobachtet hat, wurden meistens nie gefunden. Steht in einem der Zeitungsausschnitte, die in deiner Kiste liegen.«

Jetzt war Jimmys entwaffnendes Grinsen wieder da. »Du willst mir also sagen, der Umstand, dass ihre Leichen nie gefunden wurden, spricht eher dafür, dass sie tot sind, als dass sie leben?« Er wandte sich dem Eichhörnchen zu, hielt ihm eine Nuss hin und sagte: »Was hältst du von dem Blödsinn, mein Junge?«

»Jimmy«, sagte ich, »ich habe gelesen, dass die Strömung in dem Gebiet um San Francisco alle fünf bis sechs Stunden ihre Richtung wechselt. Mal verläuft sie auf die Stadt zu, mal verläuft sie hinaus in den Ozean. Nach der schwächsten einwärts gerichteten Strömung mit dem niedrigsten Wasserstand kommt die stärkste auswärts gerichtete mit dem höchsten Wasserstand. Und jetzt rate mal, zu welchem Zeitpunkt deine Verbrecher das Wasser erreicht haben! Bei der denkbar schlimmsten Strömung. Auswärts in Richtung Pazifik gerichtet. Reißend. Da stand, gegen eine solche Strömung anzukämpfen ist, wie wenn man versucht, einen breiten Fluss mit schnell fließendem Wasser schwimmend zu überqueren. Dieser eine andere Ausbruchsversuch von Alcatraz, bei dem zwei Gefangenen viele Jahre vorher aus einer sich plötzlich auftuenden Gelegenheit ohne Floß und solches Zeug ins Wasser sprangen und nie mehr gesehen wurden, ist auch genau zu dem Zeitpunkt passiert, an dem die schlimmste Strömung war.«

Jimmy sah mich ruhig und ein wenig schmunzelnd an und hob dabei merklich eine Braue, worin ich eine kleine Geste der Herausforderung sah.

»Also«, meinte er, »erstens waren die Anglins beide ausgezeichnete Schwimmer, und zweitens, wie du gerade richtig gesagt hast, hatten die drei das Floß. Sie haben sich wahrscheinlich nicht mal richtig nass gemacht.«

»Das Floß – ja!«, sagte ich mit einem vorsichtigen Lacher. »Man kann sich doch vorstellen, wie notdürftig es zusammengenäht worden ist, und dann musste es auch noch über Stacheldrahtzäune und Steinhänge bis zum Ufer transportiert werden. Die Experten sagen, dass es schon wenige Meter von Alcatraz entfernt angefangen haben muss zu sinken. Wenn die Ausbrecher im Floß ihre Schuhe anbehalten haben, dann wären die sofort mit Wasser vollgelaufen und hätten sie nach unten gezogen. Wenn sie ihre Gefängnisjacken anbehalten haben, dann hätten die auch ein großes Gewicht bekommen. Und wenn es dann sinkt, das Floß, dann ist sowieso alles aus. Wenn man von einer Sekunde auf die andere gezwungen ist, die Schwimmweste anzuziehen und panisch versucht sie aufzublasen, während man im eiskalten Wasser herumrudert. Und eine der Schwimmwesten haben deine Freunde ja gleich auf dem Dach des Zellhauses verloren. Möglicherweise hat es um die anderen zwei einen Kampf gegeben. Erinnerst du dich daran, dass man die zweite Weste später auch geborgen hat? Da stand, ein Liebespaar hat sie irgendwo beim Surfen aus dem Wasser gezogen. Man hat die Westen auf ihre Schwimmtauglichkeit getestet, Jimmy! Alle drei. Auch die, die Allen West in seiner Zelle versteckt hat. Mit welchem Ergebnis? Allens Weste war ironischerweise die einzige, die auch nur halbwegs funktioniert hat. Aber wie auch immer: Geht das Floß unter und die Männer sind im Wasser, dann dauert es höchstens ein bis zwei Stunden, bis sie das Bewusstsein verlieren. Beim Durchlesen deines Materials habe ich richtig was dazugelernt: Kaltes Wasser hat einen enorm betäubenden Effekt. Und ich brauche dir nicht erst zu sagen, dass man die Gefangenen in Alcatraz nur mit lauwarmem Wasser duschen ließ, damit sie sich unter keinen Umständen auf die Wassertemperatur der Bay einstimmen konnten. Und noch was: Da stand auch, dass die meisten Menschen annehmen, man müsse sich im kalten Wasser kräftig bewegen, um den Körper zu erwärmen. Aber weißt du, das ist falsch. Dadurch wird nur das Gegenteil erreicht. Meinst du, deine Freunde haben das gewusst?«

Jimmy hatte angefangen, sich mit den Nüssen in seinen Händen zu beschäftigen. Er warf sie immer wieder spielerisch in die Höhe, beförderte die Nüsse, die in seiner rechten Hand lagen, in die linke und umgekehrt. Hin und wieder purzelte eine davon unter unsere Bank auf den Boden, und das schnellste bzw. dickste Eichhörnchen schnappte sie sich. Mir schoss kurz durch den Kopf, dass ich es als Eichhörnchen im Union Square Park vermutlich nicht besonders leicht haben würde.

»Du kleiner Schlaukopf«, sagte Jimmy schließlich lächelnd zu mir. »Das, was du sagst, ist sicher alles richtig. Trotzdem ist es möglich, dass sie Glück gehabt haben oder dass sie von Anfang an einfach alles richtig gemacht haben. Dass es irgendwie gar nicht schiefgehen konnte. Wenn mit dem Floß alles in Ordnung ist, dann ist es egal, wie gut die Westen im Test abschneiden und ab wann man im Wasser ohnmächtig wird. Außerdem bin ich mir nicht sicher, ob bei den Testergebnissen wirklich diese Resultate herauskamen.«

»Das ist einfach zu verrückt, um nicht wahr zu sein«, sagte ich. »Das ausgerechnet diese eine Weste in Ordnung war, die nicht zum Einsatz kam. So was denkt sich doch niemand aus!«

»Natürlich. Die Menschen denken sich alle möglichen Geschichten aus. Und eines ist mal sicher, das ist eine von den guten.«

Wir schwiegen eine Weile. Ich sah einer Familie mit einem kleinen Jungen dabei zu, wie sie auf einer Nebenbank langsam aus Tupperdosen ihr Lunch auspackten. Anscheinend hatten sie das Besteck vergessen. Der Vater wurde beauftragt, welches aufzutreiben. Er zog mit leicht verärgertem Zug um den Mund von dannen.
»Aber Paddel!«, sagte ich. »Paddel braucht man auf jeden Fall. Und von denen sind später auch zwei geborgen worden.«
»Was man nicht mehr braucht, das wirft man ins Wasser«, sagte Jimmy, und er machte eine zu dieser Aussage passende Geste.
Das Spiel ging weiter.
Ich: »Deine Freunde hätten unmittelbar nach dem Ausbruch irgendwo auf dem Festland Spuren hinterlassen müssen.«
Er: »Haben sie aber nicht. Darum hat man sie auch nicht geschnappt.«
»Jimmy«, sagte ich, »es ist doch nur logisch, dass die drei irgendwo an Land Spuren hätten hinterlassen *müssen,* wo immer sie auch angekommen sind. Das geht doch gar nicht anders! Sie haben Kleidung gebraucht, was zu essen, Wasser, eine Transportmöglichkeit. Und Geld. Aber in den Wochen nach ihrer Flucht hat es im gesamten Umkreis von San Francisco nirgendwo Hinweise auf verdächtige Einbrüche oder Überfälle gegeben.«
Jimmy lehnte sich in die Bank zurück.
»So was lässt sich doch heute gar nicht mehr genau sa-

gen«, meinte er. »Weißt du, vielleicht hat es damals einen kleinen Polizeibeamten gegeben, so einen Frischling, der erst das zweite Mal Streife fuhr, und der hat vielleicht doch geglaubt, schon gut einen Monat nach der großen Flucht irgendwo in Presidio an einer eher winzigen Tankstelle Spuren eines Einbruches entdeckt zu haben. Aber die ganze Sache war mehr als unklar, und außerdem wollte er schnell heim, weil seine Freundin ihm versprochen hat, an diesem Tag endlich das erste Mal mit ihm ins Bett zu gehen. Kann doch sein. Jedenfalls hat er sich dafür entschieden, lieber keine Meldung zu machen. Solche Dinge passieren, Tony! Sie passieren ständig. Mal zugunsten der einen, mal zugunsten der anderen.«

»Aber passieren solche Dinge auch, wenn gerade die größte Suchaktion in der Geschichte San Franciscos läuft?«

»Gerade dann.«

Schweigen.

»Und was ist mit dieser Leiche?«, fragte ich.

»Mit welcher Leiche?«

»Ein paar Wochen nach dem Ausbruch hat ein wachhabender Matrose eines kleines Schoners irgendwo bei der Golden Gate Bridge eine im Wasser treibende Leiche gesehen.«

»Und weiter?«

»Ja, toll, nichts weiter. Er hat den Kapitän alarmiert. Und der hat die Leiche dann auch gesehen. Eigentlich hätte sie natürlich gleich geborgen und nach San Francisco gebracht werden müssen. Aber nach mehreren Wochen im Wasser wäre sie ja nur fürchterlich entstellt gewesen. Und auf so einen Anblick hatten die auf dem Schoner verständlicherweise keinen Bock. Ich hab auch gelesen, auf diesem Schoner wären sie nicht mal in der Lage gewesen, einen Funkruf abzugeben. Also hat man beschlossen, lieber nichts zu machen. Erst im darauf folgenden Oktober, als das Schiff zurückkam, wurde die Küstenwache benachrichtigt. Dieser Seemann und sein Kapitän, die wurden dann getrennt voneinander befragt. Beide haben gesagt, sie haben die Leiche gesehen. Und beide haben gesagt, sie hatte schmutzige, weiße Arbeitsklamotten angehabt. Das könnten mal blaue Gefängnisklamotten gewesen sein!«

»Ja, das stimmt«, sagte er. »Es könnte aber auch einer deiner viel gepriesenen Selbstmörder gewesen sein.«

»Du bist unverbesserlich!«, sagte ich. »Diese Leiche hat viele in der Theorie bestärkt, die Anglins hätten Morris unmittelbar nach dem Ausbruch getötet.«

Nach diesem Ausspruch zuckte ich reumütig zusammen, besorgt, dass er wieder böse sein könnte. Aber er blieb ausgelassen. Es war überhaupt auffällig, wie extrem gelassen er mit diesem Spiel umging. Ganz im Gegensatz dazu, mit welcher Ernsthaftigkeit er sonst immer an dieses Thema heranging.

Er sagte: »Mal abgesehen davon, dass die Anglin-Brüder keine Mörder waren, glaubst du doch nicht im Ernst, dass man, wenn man gerade als Team nach mo-

natelanger Vorbereitung aus dem sichersten Gefängnis des Landes herausspaziert und zum ersten Mal seit Jahren wieder freie Luft atmet, dass man dann als Erstes auf die Idee kommt, einen aus dem Team zu ermorden?«
»Und was ist mit dem Plastiksack, den man aus der Bay gefischt hat?«, wollte ich wissen.
Er lachte. »Mit was kommst du denn noch alles an?«
»Na, dieser Beutel«, sagte ich, »in dem persönliche Papiere der Anglin-Brüder waren, private Fotos, Kontaktadressen. So was lässt man nur in allerhöchster Not zurück. Wenn etwas nach so einer Flucht wirklich wichtig ist, dann doch wohl dieser Beutel, oder nicht?«
Nachdem ich diese Frage gestellt hatte, sprang Jimmy auf einmal auf, hielt forsch zwei vorbeischlendernde, rauchende Mädchen an. Als er sich wieder zu mir setzte, hatte er eine brennende Zigarette im Mund. Ich musste daran denken, dass Dorothy einmal zu mir gesagt hatte, er rauche nur in ganz besonderen Momenten. Er schwieg und rauchte gemächlich. Er schien nachzudenken. Sah dabei aber mit sehr zielsicheren Blicken auf die sich dröhnend vorwärtsschiebenden Wagenmassen auf dem Broadway, die den heißen Sonnenstrahlen vollkommen ausgeliefert waren.
Die Breakdancer waren inzwischen wieder aufgebrochen. Aber der Bettler in seinem grauen Anorak war noch da. Er hatte sich einige Meter von uns entfernt positioniert und schrie aus Leibeskräften einen höchst

verzweifelten Satz nach dem anderen in den Himmel Manhattans. Manchmal hielt er auch im Schreien inne und starrte wie mit eingefrorenem Gesicht und aus blassblauen Augen zu uns herüber, als überlege er, woher er uns kenne.

Die brennende Zigarette baumelte aus Jimmys rechtem Mundwinkel. Schließlich wandte er sich zu mir um.

»Vielleicht hat es noch einen zweiten Beutel gegeben«, sagte er und blies Rauch nach oben. »Einen mit dem wirklich wichtigen Material, den wirklich wichtigen Adressen. Und den anderen, den hat man absichtlich ins Wasser geworfen. Um die Verfolger zu täuschen, was meinst du?«

»Ja«, seufzte ich, »könnte sein.«

Ich spürte auf einmal, wie eine große Müdigkeit sich meiner bemächtigte. Ich blickte meinen Onkel Jimmy in diesem grünlich schimmernden, sommerlichen Licht an, das die vielen Blätter der Bäume aussandten, sah in seine mexikanischen Augen, und plötzlich wurde mir ganz verlassen ums Herz. Ich glaubte, in diesem kurzen Moment zum ersten Mal so etwas wie Vergeblichkeit darin zu sehen. Als ich aber wieder seine Stimme hörte, war das bereits eine kleine Form der Wiedergutmachung.

»Sie haben von Anfang an einfach alles richtig gemacht, Tony!« Und dann, nachdem er seine Zigarette fortgeschnippt hatte, drehte er sich ganz zu mir um.

»Weißt du was, Kumpel«, sagte er. »Ich zeig dir was, okay?« Er kramte aus der hinteren Hosentasche seinen

Geldbeutel hervor, zog ein Foto heraus und reichte es mir. Man sah darauf drei Männer im Freien, in einer Art Park, die an einem Tisch saßen und in ein Brettspiel vertieft waren. Erst nach längerem Hinsehen wurde mir klar, dass die Szenerie der Union Square war. Und plötzlich wusste ich, warum er hierher hatte kommen wollen. Nicht zum Eichhörnchenfüttern.

»Dieses Bild habe ich vor acht Jahren gemacht«, bemerkte er. »Der Union Square Park ist der Treffpunkt.«

Er sah mich an.

»Das sind sie, Tony.«

ALS WIR INS LUNCHEONETTE zurückkehrten, herrschte dort ein unerwarteter Aufruhr. Kaum waren wir zur Tür herein, setzte uns der dicke Kolumbianer Zac aufgeregt darüber ins Bild, was geschehen war. Zwei Gäste hatten ihm berichtet, dass vor nicht ganz einer Stunde, als er ahnungslos und noch gut gelaunt in die Mittagspause verschwand, Bruce Willis im Laden erschienen war und an der Theke sitzend einen Turkey Burger bestellt hatte.

»Francis hat ihn bedient«, rief Zac, der wie betrunken im Luncheonette auf und ab huschte, »und stellt euch vor, der Depp hat ihn nicht erkannt. Er lässt einfach so in aller Ruhe Bruce Willis hier essen und wieder abhauen.«

»Wer soll denn das sein?«, fragte Francis gelassen, ein

Handtuch über der Schulter gehängt, die rechte Hand auf die Theke gestützt.
»Bruce Willis, Mann!«, polterte Zac. »Bruce Willis, der berühmteste Actionstar der Welt. Er kennt Bruce Willis nicht!« Er schüttelte verzweifelt den Kopf.
»Man kann ja nicht jeden kennen«, sagte Francis.
Jimmy lachte.
»Findest du nicht, er hätte was unternehmen sollen?«, fuhr Zac Onkel Jimmy an wie jemand, der auf Knien nach Hilfe winselt.
Francis sagte: »Was hätte ich denn tun sollen?«
Der Kolumbianer sauste zu ihm hin. »Ja, ein Foto – Mensch! – hättest du machen sollen! Oder ihn nach einem fragen sollen. Solche Leute haben doch immer Autogrammkarten dabei. Die hätten wir wunderbar hier aufhängen können!«
»Ja, so was haben andere Lokale auch«, meldete sich ein am Ende der Theke sitzender Gast zu Wort, dessen Anwesenheit in diesem Trubel gar nicht aufgefallen war.
»Na, da seht ihr!«, rief Zac, seine Arme in die Höhe reißend.
Francis kratzte sich am Hinterkopf.
»Also, so viele Spiegeleier mehr hätten wir jetzt auch nicht verkauft mit einem Foto von so einem Schauspieler an der Wand.«
Und er lenkte seine Schritte gemächlich in Richtung Lagerraum.

Die Strafanstalt war so gebaut, dass jeder Häftling direkt unter Beschuss genommen werden konnte.
An beiden Enden der Zellhausgänge befand sich jeweils erhöht ein zweistöckiger, vergitterter Gang, von dem aus man das gesamte Gefängnis überblicken konnte – die Waffengalerie. Dort oben hielt sich immer ein Beamter mit Gewehr und Pistole auf. Waffen wurden auf Alcatraz von den Wärtern niemals unten im Zellhaus getragen, nur oben in der Waffengalerie, um von vornherein auszuschließen, dass ein Gefangener durch Überwältigung eines wachhabenden Mannes an eine Schusswaffe gelangte.
Doch ist es in der Geschichte der Strafanstalt einmal vorgekommen, dass ein Häftling oben, innerhalb der Waffengalerie, einen Wärter übermannt hat. Und das endete in der sogenannten »Schlacht von Alcatraz«, dem blutigsten aller Ausbruchsversuche, der sieben Männern das Leben kostete.
Zwei Aufsehern und fünf Gefangenen.

13. August 1934,
St. Patricks.

EINE KLEINE, AUS WENIGEN DÖRFERN und einigen weit in der ebenen, grünen Landschaft verstreuten Behausungen bestehende Gemeinde, 40 Kilometer südlich von Baltimore. Auf der Farm, die das Ehepaar Harry und Lilly Brown bewirtschafteten, sollte der siebenjährige Frank Lee Morris von einer Angestellten der Gemeinde abgegeben werden. Als die Angestellte, die nach dem zu Fuß zurückgelegten Weg die Mittagshitze wie einen Hammer über sich spürte, keinen der Eheleute antraf, schärfte sie dem Jungen ein, im Schatten auf der Holztreppe zur bescheidenen Veranda zu warten. Sie strich ihm noch übers schweißnasse Haar, stellte seinen kleinen hellbraunen Koffer neben ihm ab und machte sich auf den Rückweg über die Felder in ihr Dorf. Einmal hat sie sich noch umgedreht, ob er ihre Anweisung auch befolgte. Und wie sie ihn dort hat sitzen sehen, so klein und verloren, hat sie getan, was jeder Erwachsene in einer solchen Situation tut – sie hat ihn angelächelt und gewunken. Aber er hat nicht reagiert.

Die kleine Farm, die Harry Brown von seinem Vater geerbt hatte, war für alles zu klein. Man konnte weder eine wirklich rentable Viehwirtschaft betreiben noch von der Ernte der Felder leben. So hatten Harry und Lilly ein merkwürdiges Sammelsurium um sich herum aufgebaut, das das Einkommen für sie und ihre drei Kinder sicherte. Dazu gehörte ein Handel mit Brieftauben, für die Harry einen Verschlag hinterm Haus gezimmert hatte, eine illegale Schnapsbrennerei sowie ein kleines Gartenhäuschen, in dem auf zwei Stockbetten vier zusätzliche Kinder Platz finden konnten. Wenn sich die Gelegenheit bot, nahmen Harry und Lilly Waisenkinder auf, wofür die Kirche monatlich ein paar Dollar zahlte. Wann immer Reverend Buckingham, ein Onkel von Lilly, von solchen Kindern erfuhr, schickte er sie auf die Farm.

Für Frank Lee Morris sollte dies bereits das siebte oder achte Zuhause werden. So genau wusste das niemand mehr. Genauso, wie ihn die Gemeindeangestellte auf der Treppe abgesetzt hatte, saß er jedenfalls noch am späten Nachmittag auf den Treppenstufen, als Harry und Lilly mitsamt den Kindern von einem Besuch bei Freunden nach Hause kamen.

»Mein Gott«, sagte Lilly. »Dich haben wir ja ganz vergessen.«

Viele Jahre später, als die Bundespolizei Recherchen anstellte, was Morris' Jugend betraf, war Harry Brown schon an einem Lungen-Emphysem gestorben. Die alte Lilly Brown gab zu Protokoll:

»Ein verschlossener Junge, man dachte oft, der heckt was aus. Seine Arbeit machte er gut. Hat nie geklagt. Zwischendurch war er immer wieder für mehrere Tage verschwunden. Und irgendwann kam er gar nicht mehr.«

Jeder Tag begann für die Häftlinge um 7:00 Uhr mit der Morgensirene.

Und um 21:30 Uhr gingen üblicherweise im Zellhaus jeden Abend die Lichter aus.

Jim Quillen, ehemaliger Häftling von Alcatraz, sagte später über seine Zeit in diesem Gefängnis:

»Du hattest keinen Namen auf dem Felsen. Ich war nicht Jim Quillen. Zum Teufel, ich war Nummer 586. Und niemand wollte das.«

PHYSIK IST DIE LEHRE der Zustände und der Zustandsänderung. Dieser Satz hatte mir immer gefallen. Er war auch mein größter Trost, als ich mein Physikstudium aufgab – Zustandsänderung.

Was anstelle der Differenzialgleichungen in mein Leben rückte, war ganz einfach: Altenpflege. Ich hatte mehrere Patienten, bei jedem war man für eine andere Sache zuständig. Herrn Lier in der Max-Brauer-Allee musste ich das Frühstück zubereiten, nur das. Für alles Übrige waren andere Dienste zuständig. Frau Zeckelides am Oberen Marktplatz musste gebadet werden, dienstags und donnerstags. Bei manchen musste die Medikamenteneinnahme gewährleistet werden. Andere musste man abends ins Bett bringen. Zum Beispiel ein Ehepaar in der Friedensstraße, die beide Alkoholiker waren. Und die mich nie gehen ließen, ohne noch mit mir ein Bier getrunken zu haben. Wenn ich Dienst hatte, holte ich in der Zentrale in der Bahrenfelder Straße einen weißen Ford Fiesta ab, auf dessen Türen das Caritas-Symbol gedruckt war. Ich fuhr immer mit lauter Musik. Gelegentlich kam es vor, dass ich den Wagen morgens von einer ziemlich gut aussehenden Ethnologiestudentin übernahm, die sich neben ihrem Studium ein paar Euro hinzuverdienen wollte. Im Gegensatz zu ihrem gepflegten Äußeren stand der Geruch, der dann immer in den Polstern hing. Anscheinend hatte sie ein Faible für sehr würzige, orientalische Imbissgerichte, die sie nach Dienstschluss noch schnell im Wagen verzehrte, bevor sie ihn mir übergab. Die Gesetze meiner neuen Welt unterschieden sich sehr von der Strenge der physikalischen Prinzipien im Hörsaal. Aber was die Arbeit mit pflegebedürftigen, alten Menschen mit sich brachte, war in gewisser Weise eine andere Art von Relativitätstheorie. Manchmal kam es vor, dass ich die Zeit überbrückte und in einem einzigen Moment weit in die Zukunft blicken konnte. Wenn ich zum Beispiel mit einem Freund zusammensaß, konnte eine bestimmte Bewegung oder ein Ausdruck in seinem Gesicht ein erschreckendes Bild in mir auslösen. Das Bild eben dieses Menschen, Jahrzehnte später. Sehr alt. Ein Opfer des Verfalls. Nicht mehr Herr seiner Muskeln und Sinne.

Als Jimmy mir das Foto der drei Männer im Park zeigte, die er für die berühmten Ausbrecher hielt, war es mir auch so gegangen. Für Sekundenbruchteile sah ich den Demenzkranken, der alles durcheinanderbringt und seinem eigenen Verstand nicht mehr trauen kann. Dabei war ich es, der in diesem Moment eine Vision hatte, nicht er. Jimmy hatte ein real existierendes Foto.

Die Häftlinge durften einmal pro Monat Besuch erhalten. Jeder Besuch war auf höchstens fünfundvierzig Minuten angesetzt, wurde kurzfristig angekündigt, strengstens überwacht, und das Gespräch wurde von einem anwesenden Wärter augenblicklich unterbrochen, wenn verbotene Themen angeschnitten wurden. Häftling und

Besucher saßen sich durch ein Sichtfenster getrennt gegenüber. Man sprach per Telefon miteinander.
Immer wieder versuchten Häftlinge, die das Leben auf Alcatraz nicht mehr ertrugen, sich selbst umzubringen. Und noch mehr Männer wurden auf dem Felsen regelrecht verrückt. Es gab Häftlinge, die Schreikrämpfe bekamen, wenn ein Flugzeug über die Insel flog oder ein Schiffshorn ertönte. Ein schon etwas älterer Häftling umwickelte seinen Kopf immer wieder mit Handtüchern, um sich vor unsichtbaren Peinigern zu schützen.

WÄHREND MEINES SOMMERS in New York bin ich nur einmal zu spät zur Arbeit erschienen. Und zwar am Tag, nachdem ich am Abend zuvor mit meiner Barnes & Nobles-Schwärmerei ausgegangen war, die übrigens, obwohl sie aus Jersey kam, einen komplizierten ausländischen Vornamen hatte, den ich sofort wieder vergaß und mich den ganzen Abend über, anstatt sie einfach noch mal danach zu fragen, angestrengt darum bemühte, diesen Lapsus vor ihr zu verbergen. Um es kurz zu machen, unser Treffen dauerte von 19 Uhr, als ich sie an der Ecke 23ste Straße und sechster Avenue traf, bis vier Uhr morgens, als ich auf meine Matratze fiel. Ich hatte schätzungsweise 2,5 Promille getankt, und gebracht hatte es überhaupt nichts. Als gute zwei Stunden später mein Wecker läutete, hatte ich, um ehrlich zu sein, im Halbdelirium schon folgenden Entschluss gefasst: Wisst ihr was, Freunde, leckt mich alle am Arsch! Und war liegen geblieben. Als ich gegen zehn Uhr etwas zerrüttet, dafür aber relativ guter Dinge, wie ich fand, unten in Jimmys Laden auftauchte, war er sehr ungehalten und wortkarg. Er kam um die Theke herum, um mich abzufangen. Er sagte: »Durch dieses Fenster«, und deutete dabei auf die gläserne Eingangstür seines Lokals, »kann man jeden Morgen da draußen die Sonne aufgehen sehen. Und so sicher, wie da draußen die Sonne aufgeht, so sicher öffnet dieses Luncheonette jeden Tag um sieben Uhr. Mit allen Beteiligten.« Das war alles, was er sagte. Er wollte keine Erklärungen hören. Und auch die übrigen Stunden des Tages wechselte er kaum ein Wort mit mir. Aber bevor er an diesem Morgen wieder hinter der Theke verschwunden war, hatte er noch gemeint: »Wir beide gehen heute Abend essen. Ich muss was mit dir besprechen.« Er hatte etwas auf einen Zettel geschrieben und ihn mir in die Hand gedrückt. Auf dem Zettel stand: *La Palapa Rockola,* sechste Avenue, nahe vierter Straße, 20 Uhr.

Ich erreichte den besagten Treffpunkt pünktlich, wir fuhren nicht gemeinsam. La Palapa stellte sich, wie ich vermutet hatte, als ein mexikanisches Restaurant heraus. Es befand sich in der Nähe des Washington Square. Es war klein, und es herrschte eine entspannte Atmosphäre dort. Es gab ein paar einfache Holztische, Holzstühle und eine große Bar. Das war's. Die Wände waren halb rötlich, halb cremefarben gestrichen. An ihnen hingen vereinzelte bunte, abstrakte Gemälde, die vermutlich einen Hauch des feurigen mexikanischen Lebensgefühls in den Raum abgeben sollten. An der Decke drehten sich Ventilatoren. Und aus den Boxen drang leise Gitarrenmusik. Jimmy erwartete mich bereits. Er saß an einem der Tische, in einer Nische. Ich setzte mich ihm gegenüber. Ich hatte mich auf der Herfahrt innerlich schon auf dieses Treffen eingestimmt. Ich war ein klein wenig geladen und hatte mir vorgenommen, Jimmy, falls nötig, Kontra zu geben. Was ich jetzt nämlich am allerwenigsten gebrauchen konnte, war eine Standpauke über mangelnde Arbeitsmoral. Und das wollte ich ihm auch sagen. Die Tage, die ich in seinem Luncheonette arbeitete, waren ja gewissermaßen mein Urlaub. Klar, er stellte mir diese Matratze oben in seiner Wohnung zur Verfügung, aber so große Nachteile hatte meine Anwesenheit auch wieder nicht für ihn. Im Gegenteil, er zog viel eher einen Nutzen daraus.

Erst einmal ging Jimmy mit mir die Speisekarte durch. Ich entschied mich für die von ihm empfohlene gegrillte Hähnchenbrust mit Kürbiskernen, roter Chilisauce, gekochten Bananen und Reis mit dem Aroma von grünen Tomaten. Nachdem mir tagsüber beim Zubereiten der Burger im Luncheonette eher übel gewesen war, hatte ich jetzt auf einmal einen Mordshunger auf etwas Fettes. Jimmy wählte die Schrimps mit Knoblauchzehen, schwarzen Bohnen und Reis mit dem Aroma von roten Tomaten. Ein ähnliches Gericht wie das, welches ich im Tomatoe-Restaurant gegessen hatte. Aber das

verschwieg ich ihm. Dazu orderte jeder von uns einen Viertelliter Rotwein.
Als der Kellner die Speisekarten eingesammelt hatte, beugte sich Jimmy vor und sah mir direkt in die Augen. Wenn ich mit etwas nicht gerechnet hatte, dann mit der folgenden Frage:
»Was war das für eine Klinik?«
»Wieso Klinik?«
»Was war das für eine Klinik?«, wiederholte er. »Die, in der du warst?«
»Woher weißt du, dass ich in der Klinik war?«
Wenn man ihn genau kannte, konnte man jetzt die Andeutung eines Grinsens um seine Mundwinkel erkennen.
»Hey, ich kenne deine Mutter. Gut sogar.«
»Ich dachte, du willst mit mir über die aufgehende Sonne reden. Oder wenigstens über so ein Gefängnis bei San Francisco, wie war noch mal gleich der Name?«
Jimmy drehte sich um, rief durch das Lokal zu dem Kellner: »Zwei Tequila!«
Er wartete, bis sie vor uns standen, musterte mich dabei und sagte schließlich: »Heute reden wir über dich.«
Da zeigte sich wieder das Großartige an ihm. Immer für eine andere Wendung gut. Eine Überraschung. Das war seine Begabung. Situationen aufzulösen, aus dem Vorhersehbaren einfach wegzufliegen. Keine Lust drauf.
Wir kippten die Tequilas.
»Was ist das für eine Klinik, in der du warst?«
»Was heißt schon Klinik! Eigentlich war es ja mehr so

ein Erholungsheim. Ich war einfach ein bisschen gestresst. Vom Studium und so. Weißt du, vielleicht habe ich die Dinge und das Leben einfach ein bisschen zu ernst genommen.«
»Ein bisschen zu ernst genommen … so, so. Deine Mutter erwähnte die Wörter Psychose, Angstzustände.«
Zum Glück kamen jetzt die Gerichte mit den verschiedenen Tomatenaromen. Und bis alles aufgedeckt und der Wein eingeschenkt war, verging eine Weile.
Mir wurde beim Verzehren des Hühnchens sehr heiß. Und das lag nicht an der Chilisauce. Ich dachte, ich kriege keine Luft mehr. Es fiel mir schwer zu reden. Zu erzählen von dem Morgen, an dem ich in den Kopierladen gegangen bin und die Welt über mir eingestürzt ist.
Nie hatte mich seit dem Tag, an dem ich aus der Klinik entlassen wurde, ein Mensch so direkt darauf angesprochen. Und auf einmal kam das alles wieder. Diese Angst. Die Bilder.
Ich war in den Kopierladen gegangen, weil ich Ausarbeitungen für mein Vordiplom kopieren wollte. Und das Letzte, woran ich mich erinnern kann, ist, dass ich an der Kasse anfing zu weinen. In dem Bericht für die Klinik hieß es dann, ich hätte randaliert. Aber darüber konnte ich später keine Angaben machen.
Angefangen hatte alles mit diesen Bildern. Sie waren gewissermaßen die Vorboten. Doch das begriff ich erst hinterher. Es waren scheußliche Bilder. Und sie schienen mir sehr real zu sein. Am Anfang kamen sie

vorwiegend nachts, in meinen Träumen, wenn ich mir keine Mühe geben konnte, sie irgendwie zu vertreiben. Schließlich aber auch tagsüber, plötzlich, während ich mich irgendwo an einer x-beliebigen Stelle aufhielt. Ich sah Dinge, die einfach nicht da waren. Ich ging zum Beispiel gerade in der Innenstadt, in der Mönckebergstraße, an einer H&M-Filiale vorbei, und wenn ich ins Schaufenster blickte, war es über und über mit Blut bespritzt. Dieser Eindruck hielt sich dann länger. Es war keine Sinnestäuschung, wie man sie häufig kurzzeitig erlebt, die innerhalb einer Sekunde vom Gehirn wieder ausgebessert ist. Wäre ich nicht so verängstigt gewesen, hätte ich das Bildnis eingehender betrachten können. Es hatte etwas von einem Kunstwerk, bei dem der Künstler an jeder Linie, jeder Nuance akribisch gearbeitet hatte. Manchmal waren es auch bewegte Bilder, die ich sah. Wenn ich während einer Vorlesung meinen Blick zu einer Kommilitonin hinübergleiten ließ, die in meiner Nähe saß, sah ich, wie ein sehr großer, schwarzer Tausendfüßler langsam ihre rechte Wange hinabkrabbelte. Manchmal verhielt es sich auch umgekehrt, und während ich etwas ansah, musste ich feststellen, dass einzelne Details fehlten, einfach verschwunden waren. Türen, Türklinken, Treppenstufen, Hauseingänge, Finger, Hände, Augen. Manchmal verschwanden ganze Gesichter, und an ihre Stelle rückte ein dunkles, formloses Nichts, von dem eine große Bedrohung ausging. Wenn die Bilder kamen, dann spürte ich Panik in mir aufsteigen, und ich hatte den Drang, so schnell

es ging abzuhauen. Von einer Sekunde auf die andere stürmte ich aus Zimmern, Geschäften, Hörsälen oder fing auf dem Gehsteig plötzlich zu rennen an.
Nach meinem ruhmreichen Auftritt im Kopierladen wurde ich von einem Polizeiwagen ins Klinikum Hamburg Nord gebracht. Zuerst wurde ich drei Wochen lang, wie man mir später erzählte, in eine geschlossene Station gesteckt und mit starken Medikamenten behandelt. Insgesamt blieb ich sechs Monate in der Klinik. Die letzten Wochen auf der Station PSY 46. Mit vielen Gesprächstherapien und anderen Leuten zwischen zwanzig und dreißig. Mein Zimmer teilte ich mit zwei Männern. Einem indischen Sikh-Priester, der Divakar hieß und auf den in seinem Heimatort ein Anschlag verübt worden war, von einer radikal religiösen Bande. Seinem Bruder, der auch das Priesteramt bekleidete, war zuvor das Gleiche widerfahren. Divakar hatte in Hamburg so eine Art deutsche Ersatzfamilie, deren verschiedene Mitglieder ihn ab und an auf der Station besuchten. Allesamt hinreißende Menschen. Und in Divakars Augen glomm ein derart wohlwollendes, liebenswürdiges Licht, dass ich mich, wenn sich unser Blick traf, immer ein wenig schämte. Mein zweiter Zimmergenosse war ein bayrischer Taxifahrer, den es irgendwie nach Hamburg verschlagen hatte. Seine langen schwarzen Haare flossen ihm tief den Rücken hinab. Er hieß Rainer und war sehr jähzornig. Er war bekannt dafür, dass er, wenn im Gang der Station das Mittagessen verteilt wurde, seinen Teller wütend gegen

die Wand schmiss, nur weil ihm das Tagesgericht missfiel. »So a Saufraß!« Ich mochte ihn allerdings recht gern. Sein großer Traum war ein BMW-Z3. Auf seinem Nachtkästchen stapelten sich Automobilkataloge und Automobilzeitschriften. Und ich glaube, er mochte mich auch, und zwar vor allem deshalb, weil ich sie des Öfteren mit ihm zusammen ansah. Außerdem spielten wir beide auf der Station oft miteinander Tischtennis. Was sehr lustig war, da wir durch die jeweiligen Medikamente, die wir essen mussten, nicht besonders reaktionsschnell waren. Er sagte immer: »Tony, wenn wir hier a mal aussi kimma, dann spiel ma mal a richtiges Match, ohne Drogen, was moanst?« Dazu ist es aber nie gekommen. Und dann war da auf PSY 46 noch ein spindeldürres Mädchen, das immer die Haare vorm Gesicht hatte. Ich brauchte zwei Tage, bis ich ihr das erste Mal in die Augen sehen konnte, und weitere zwei Tage, bis ich ihren Namen erfuhr: Eleanor.
»Wenn ich deine Mutter richtig verstanden habe«, sagte Jimmy, kurz nachdem unsere Dessertteller abtransportiert worden waren, »dann sind es die Ärzte gewesen, die dir geraten haben, dein Studium abzubrechen.«
»Na ja, so kann man's auch nicht sagen. Die Therapie lief darauf hinaus, dass ich mich mehr dem realen Leben stellen muss und mich nicht in Gedankengespinste verfangen soll.«
Auch dieser Abend endete wieder um vier Uhr morgens. Nur mit dem Unterschied, dass ich wusste, wenn etwas sicher ist, dann, dass ich um sieben unten in Jimmys

Imbiss stehen würde. Als wir die Wohnung betraten, wandte sich Jimmy im Gang zu mir um und sagte mit grandioser Klarheit: »Deine Lage ist also so: Du hast einen Zusammenbruch gehabt, du warst in der Klapsmühle, du hast dein Studium geschmissen, wischt jetzt für ein paar Dollars alten Leuten den Arsch aus und hast dich in der Klapsmühle mit so einer Verrückten eingelassen, die dir nun auch noch den Laufpass gegeben hat.«
»Sure«, sagte ich. Die Schlagfertigkeit nach ungefähr zwölf Tequilas. Er legte seine Hand auf meine Schulter. Ich glaube, das war das erste Mal, dass er mich berührt hat. Jimmy war nicht der Typ für Berührungen. »Das ist alles richtig scheiße«, sagte er. Und unter den Augen seiner vier Jungs von Alcatraz fügte er hinzu: »Dafür hältst du dich gar nicht mal so schlecht.«

Der D-Block mit seinen 42 Zellen war, wenn man so will, das Gefängnis im Gefängnis.
Besonders rabiate und aufwieglerische Gefangene wurden dort untergebracht. Sie mussten den ganzen Tag über in ihren Zellen bleiben. In der Regel durften sie sie nur einmal pro Woche verlassen, um zu duschen und auf den Freiganghof hinauszugehen. D-Block-Zellen waren bei den Insassen am unbeliebtesten, dabei waren sie geräumiger und moderner als die übrigen der Haftanstalt. Aber es war dort sehr kühl und feucht. Und nachts pfiff der Wind laut durch die Fenster.

Die Zellen 9 bis 14 im D-Block waren die Isolierzellen, die sogenannten Löcher. Ein ehemaliger Häftling sagte später: »Wenn man Scheiße baute auf Alcatraz, dann kam man ins Loch. Ein paar Stunden, ein paar Tage, sogar Wochen. Je nach dem, was man angestellt hatte. Absolute Finsternis. Keine Geräusche. Nichts.«

Mittwoch, der 14. Juni 1949,
Tampa, Florida.

DER NEW YORKER SCHUHFABRIKANT Isaak Apfelbaum hielt sich nun schon zwei Wochen lang mit seiner Frau Sarah und seiner Tochter Schoscha im Hause seines Bruders am Rande der Sümpfe von Tampa auf. Er war das erste Mal der Einladung seines Bruders gefolgt, die nun bestimmt schon seit zehn Jahren jährlich erneuert worden war. Alles in allem war es auch genau so, wie Issak befürchtet hatte. Zu heiß, zu feucht, zu viele Mücken. Und Isaak war sein gesamtes Leben fleißig gewesen und wusste ohnehin nie so genau, was er mit freier Zeit anfangen sollte. Weil seine Schuhgeschäfte schon seit einiger Zeit ausgesprochen gut liefen – er hatte die Zahl der Angestellten gerade auf elf erhöht –, hatte es keine Ausrede mehr gegeben. So sehnte sich Isaak Apfelbaum insgeheim nach dem Tag der Abreise und dem Geruch von Leder und Holz in seiner Fabrik. Die Ferientage in Florida liefen immer nach dem gleichen Muster ab: Nach dem Frühstück sammelten seine Frau und seine Tochter, sein Bruder

Gabriel, dessen Frau Alida und ihre Kinder Abi und Gil ihre im Haus verstreuten Badesachen zusammen, packten sie in große Leinentaschen, die sie schließlich an Fahrrädern befestigten. So machte sich die ganze Truppe – für Isaaks Geschmack ein bisschen zu beladen – auf den Weg zu einer Badestelle, von der sein Bruder sagte, sie sei die schönste in ganz Amerika. Es war eine Stelle, an der zwei kleine Flüsse zusammenliefen. Einer davon sprang genau dort gewissermaßen eine Treppe hinab, wodurch sich ein sprudelndes Becken bildete. Auf der Landspitze zwischen diesen beiden Flüssen versammelte sich allerhand Badevolk. Vornehme und weniger vornehme, junge und weniger junge, koschere und weniger koschere Leutchen. Isaak beschränkte sich darauf, nur einmal am Tag sich der Kleider zu entledigen und in einer verhassten Badehose in dem Fluss unterzutauchen. Den Rest des Tages verbrachte er im Schatten eines Baumes, ein Buch lesend und seine Tochter beobachtend.

Die Stars an dieser Badestelle waren zwei braun gebrannte Burschen, ca. Anfang zwanzig, mit stattlichen Muskelpaketen. Zwei Brüder. Sie glänzten mit akrobatischen Sprüngen in den Fluss. Zogen die Aufmerksamkeit vor allem der weiblichen Badegäste auf sich, indem sie auf kleinen Holzbrettern wie Skifahrer die Flusstreppe hinunterglitten. Zweimal hatten sie Anstalten gemacht, Isaaks Tochter Schoscha für ein paar Momente zu entführen. Zweimal waren sie an seinem energischen Einspruch gescheitert. Vor zwei Tagen al-

lerdings hatte Schoscha beim Schwimmen ihre massivsilberne Halskette verloren, ein Geschenk ihres Vaters. Die Brüder John und Clarence Anglin, die das irgendwie spitzgekriegt hatten, tauchten fortan unentwegt und unverdrossen bis auf den Grund des ziemlich tiefen Sprudelbeckens. Sie blieben jedes Mal beängstigend lang unter Wasser, tauchten schwer atmend auf, hatten inzwischen schon rot unterlaufene Augen. Isaaks vorsichtige und beiläufig hervorgebrachten Versuche, sie davon abzubringen, beeindruckten sie nicht. Und es entging dem New Yorker Schuhfabrikanten nicht, mit welch glühenden Wangen seine vierzehnjährige Tochter die Taucher beobachtete.
An diesem Mittwoch, späterer Nachmittag schon, schoss schließlich eine triumphierende Faust aus dem Wasser, mit der die silberne Halskette in die Luft gereckt wurde. Und wenige Momente später standen die nassen, durchtrainierten Körper vor Isaak Apfelbaum, der aus seiner Tasche ein paar Dollar kramte. Und so gut es ging versuchte, eine dankbare Miene aufzusetzen. Als die zwei mit den wiegenden Hüften der Sieger zum Fluss hinuntergingen, sich der eine der beiden, der Blonde, noch mal umdrehte und Schoscha zuzwinkerte, fiel Isaak auf, dass sie schon wieder ohne Bademantel dasaß und etwas zu viel von ihren Schultern zeigte.
»Papa«, fragte sie, »hast du jemals zuvor Männer kennengelernt, die so gut schwimmen und tauchen können?«
»Nein«, sagte er nach einer Weile. »Aber weißt du, lie-

bes Kind, gut schwimmen zu können, das ist jetzt wirklich nicht das Wichtigste im Leben.«

In den ersten sieben Jahren der Gefängnisgeschichte gab es für die Häftlinge ein Sprechverbot. Weder im Zellhaus noch im Speisesaal durfte geredet werden. Auf dem Freiganghof durften sich die Gefangenen während der Pausen am Morgen und am Nachmittag jeweils drei Minuten unterhalten und an den Wochenendnachmittagen zwei Stunden.
Im Verlauf der Jahre löste man sich jedoch von dem harten Konzept, das Justizminister Cumings ursprünglich für die Gefängnisinsel vorgegeben gehabt hatte.
Im Zellhaus wurde eine Bibliothek errichtet, es gab wohnlichere und möblierte Zellen, Radios wurden installiert. Die Insassen durften auf ihren Zellen malen und jeden Abend eine Stunde lang auf ihren Instrumenten spielen.

Es gab keine Hinrichtungen auf Alcatraz, jedoch acht Morde innerhalb des Zellhauses.

Berühmte Insassen der Gefängnisinsel in der Bucht von San Francisco:
»Scarface« Al Capone, Gefangener Nummer 85 (1934–1939 auf Alcatraz)
George »Machine Gun« Kelly, Gefangener Nummer 117 (1934–1951 a. A.)

Ellsworth R. »Bumpy« Johnson, »Pate von Harlem«, Gefangener Nummer 1117 (1959–1962 a. A.)
Posträuber Roy Gardener, Gefangener 110 (1934–1938 a. A.)
Kidnapper Arthur »Doc« Barker, Gefangener 268 (1935–1939 a. A.)
Alvin »Kreepy« Karpis, vierter amerikanischer Staatsfeind Nummer 1, Gefangener 325 (1936–1963 a. A.)
Robert Strout, der »Vogelmann«, Gefangener 594 (1942–1959 a. A.). Robert Strout hatte Kanarienvögel in der Strafanstalt von Leavenworth, jedoch niemals auf Alcatraz. Sein richtiger Spitzname war: »Vogeldoktor von Leavenworth«.

AN EINEM ENTSETZLICH HEISSEN DIENSTAG, an dem man in Jimmys Luncheonette beinahe einging, gegen 13 Uhr, kurz nachdem Dorothy unseren Boss von unserer Arbeitsstätte abgeholt hatte, um mit ihm gemeinsam irgendwo zu Mittag zu essen, schien mir der passende Moment gekommen, um mich mit einer Frage an Zac zu wenden.
»Hey, Zac«, fragte ich, »weißt du eigentlich, wie sich Dorothy und Jimmy überhaupt kennengelernt haben?«
»Ja, das weiß ich«, sagte er, während er sich mit dem Grillwender aus Edelstahl, den er favorisierte und nur höchst ungern an jemand anderen abtrat, an ein paar Bratkartoffeln und Rühreiern zu schaffen machte, die

eine elegant gekleidete ältere Dame gerade geordert hatte. Sie und zwei kleine Kinder, ein Junge und ein Mädchen, beide braun gelockt, mit einem von Francis servierten Tetra Pak Tropicana-Orangensaft und einem langen, pinkfarbenen Strohhalm vor sich und offenbar ihre Enkel, waren zu diesem Zeitpunkt die einzigen Gäste im Laden.

»Ja, und?«, fragte ich.

»Was und?«

»Wie haben sie sich denn jetzt kennengelernt?«

Zac holte einen Teller vom Regal, schaufelte mit seinem Grillwender die fertigen Kartoffeln samt Rühreiern in einer gekonnten, schnellen Bewegung darauf und schob den Teller anschließend auf die Theke, der Dame entgegen.

Er wandte sich um, schleuderte das Wischtuch auf seine Schulter und sah mich an.

»Ich will mal so sagen«, meinte er dann, »die Sache war eigentlich ziemlich einfach.«

Und dann erzählte Zac, dass gut zwei Jahre vor meinem Amtsantritt im Luncheonette die vierzigjährige New Yorkerin Tess Simmons an einem späten Samstagabend ihren mexikanischen Lebensgefährten Jimmy, der neben ihr, alle viere von sich gestreckt, im Bett lag, um einen Gefallen gebeten hatte. Sie fragte ihn, ob er vielleicht so gut wäre, morgen, also am darauf folgenden Sonntagvormittag, nach Brooklyn zu fahren, um einer, wie sie sagte, wirklich riesig netten und tollen Person, einer Künstlerin, mit der sie an diesem Tag seit

Längerem mal wieder telefoniert hatte, zu helfen, ein paar von den großen Bildern und Skulpturen, die sie anfertigte, von ihrem Atelier abzuholen und in eine Galerie zu fahren, in der sie ausgestellt werden sollten. ›Du wärst natürlich nicht allein. Zwei andere Männer kommen schon auch noch dahin.‹ Tess' Lebensgefährte seufzte schwer. ›Bitte!‹, sagte Tess.
»Na ja«, meinte Zac. »Jimmy hat's natürlich gemacht. Und kurze Zeit später ist er noch mal dahingefahren, nach Brooklyn. Und dann noch mal. Und noch mal. Das ging über mehrere Wochen so. Bis er Tess irgendwann reinen Wein einschenken musste.« Zac machte eine kurze Pause, bevor er fortfuhr: »Weißt du, das war sowieso eine etwas biedere Person. Ich fand, sie hat nicht so richtig zu Jimmy gepasst. Sie hatte irgendwas mit Schmuck zu tun, glaube ich. Schau dir im Gegensatz dazu mal Dorothy an! Ich meine, du kennst sie ja. Sie ist einfach ganz anders.«
Ich hatte Dorothy sehr gern. Sie gehörte auf jeden Fall zu den wichtigen Akteuren innerhalb meines Sommers in Manhattan, obwohl ich eher wenig mit ihr zu tun hatte. Sie war jedenfalls eine richtige Erscheinung. Eine sehr große, schlanke Texanerin mit dichtem, lebendigem roten Haar. Sie hatte hochliegende Wangenknochen und schaute aus grünen strahlenden Augen in die Welt. Geboren wurde sie in San Antonio. Ihr Vater war ein erzkonservativer Politiker gewesen, und bereits in sehr jungen Jahren begehrte sie gegen ihre ganze Familie auf. »Später«, hörte ich sie einmal einem Freund von

Jimmy erzählen, »hatte ich sogar mal eine Liaison mit einem Demokraten, aber Daddy hat das leider nicht mehr miterlebt. Da war er schon tot.« Mit siebzehn kam sie nach New York. Sie sagte: »Bei mir war's die klassische Geschichte. Ich purzelte hier als junges Mädel ohne alles aus einem Zug und wollte die Stadt im Sturm erobern. Na ja, ganz so kam es dann natürlich nicht. Aber zumindest ein bisschen eingeschüchtert habe ich New York, glaube ich, schon.«

Dorothy war ein Mensch, der gern und viel lachte. Über sich, über andere, über alle möglichen Dinge. Und wenn sie lachte, dann freute man sich. Ich weiß auch nicht genau, weshalb. Sie fuhr leidenschaftlich gern Motorrad. Sie besaß eine etwas ältere BMW-Maschine, blaumetallic, Baujahr 1990. Und ihr Helm sah sehr schneidig aus und war weiß.

Dorothy war immer ein bisschen angezogen, als würde sie in einem Nachtclub arbeiten. Mit verdammt engen, tief ausgeschnittenen Oberteilen, Schuhen mit sehr hohen Absätzen, Netzstrümpfen, kurzen schwarzen Röcken und so. Sie hatte ganz offensichtlich eine Schwäche für diese Art von Klamotten. Aber wehe, sie kriegte mit, dass man sie, und sei es auch nur insgeheim, auf irgendeine Weise kategorisierte. Sie hatte sehr feine Sensoren, was dieses Thema betraf. Und keine Eigenschaft bei Männern schien sie so sehr zu verachten wie diejenige, Frauen aufgrund irgendwelcher Nichtigkeiten in Schubladen zu stecken. Ein paarmal erlebte ich, wie sie Jimmy oder einen von seinen Bekannten deswegen zusammenstauchte. Und dann fielen immer Sätze wie: »Nur weil sie da und dort gearbeitet hat, heißt das noch lange nicht, dass sie … Nur weil man eine solche Frisur auf dem Schädel hat, bedeutet das nicht …«

Automatisch kam es einem in den Sinn, dass sie vielleicht auch gerade deshalb so angezogen war, um eben diese gewissen Aussagen oder Blicke, die so aufregten, zu provozieren. Aber ich sprach nie mit ihr über dieses Thema, und selbst wenn es dazu gekommen wäre, hätte ich mich gehütet, ihr etwas Derartiges zu sagen. Sie wäre bestimmt wie ein Sturm über mich gekommen. Übrigens wahrscheinlich völlig zu Recht.

Ansonsten kann man, was Dorothy anbelangt, noch die Darling-Nikki-Marotte erwähnen. Sie verwendete für sehr viele Leute, egal, ob sie zu ihrem Freundeskreis zählten oder ihr unbekannt waren, egal, ob Frau oder Mann, häufig den Namen Darling Nikki. Wenn zum Beispiel ein Herr vor ihr auf dem Gehsteig zu langsam ging, sagte sie: »Ich glaube, Darling Nikki da vorne, der schläft gleich ein.« Wenn sie gemeinsam mit einer Freundin in Jimmys Wohnung Kaffee trank, sagte sie: »Darling Nikki, los erzähl, wie war Venedig?« Einmal sprach ich sie darauf an und erfuhr, dass es ein sehr anzügliches Lied von Prince gab, das sie früher gern gehört hatte und das so hieß.

Zu Jimmy allerdings sagte sie das nie. Ihn nannte sie ausschließlich Jim.

Eines der beiden Kinder, die an diesem Dienstagmittag

zusammen mit ihrer Oma im Luncheonette saßen, der Junge, hielt dann übrigens plötzlich mitten beim Vertilgen des kleines Steaks mit Pommes, das er vor sich hatte, inne, ließ seine Gabel fallen, bekam eine leicht grünliche Gesichtsfarbe, sagte Oje! und übergab sich über die Theke.

Ich weiß noch, dass ich sofort dachte, Zac würde bestimmt ausflippen. Aber er blieb erstaunlich gelassen. »Kein Problem!«, sagte er, als alles vorüber war, freundlich zu dem Jungen und klopfte ihm auf die kleine Schulter. »Passiert jedem.« Und dann flüsterte er mir leicht grinsend zu: »Murdock rückt bestimmt gleich an. Der kann sich ja dann darum kümmern.«

Donnerstag, 04. Mai 1965,
Mexiko-City.

PHILLIPE GARCIA KONNTE KINDER nicht ausstehen. Er fand, sie hatten in einer Bar einfach nichts zu suchen. Schon gar nicht in seiner eigenen. Und erst recht nicht am Abend. Wenn sich die Männer unterhalten wollten und Brandy trinken.

Was Phillipe Garcia seine Bar nannte, war eine ehemalige kleine Schneiderei an einer Straßenecke. Ein Freund hatte eine etwas schiefe Theke hineingezimmert, und draußen auf der Straße standen ein paar Stühle. Es gab weder einen Wasserhahn noch einen Kühlschrank. Philippe säuberte die Gläser zuerst mit einem feuchten, dann mit einem trockenen Lappen. Die Brandyflaschen

standen in gerader Linie hinter ihm aufgereiht auf einem Regalbrett.
Es war eine eher arme Gegend von Mexiko-City. Die Frauen hatten anderes zu tun, als ihre Kinder zu beaufsichtigen. Und überhaupt gab es viel zu viel von dem Ungeziefer. Hier und sonst wo auf der Welt. Fand Phillipe Garcia.
Da war er schon wieder, dieser Bub, der seinen Kopf immer nur kurz fragend zur Tür hereinstreckte und ihn sofort wieder zurückzog, wenn er sah, dass der Mann, auf den er wartete, noch nicht da war. Dieser Mann kam jetzt schon seit einigen Wochen, jeden Abend. Ein Gringo, erstaunlich gutes Spanisch, trinkfest. Wenn er diesen Bub auf seinen Schoß nahm und ihm seine Geschichten erzählte, leerte er dabei manchmal eine ganze Flasche. Weiß der Teufel, was er dem Kleinen da immer ins Ohr flüsterte! Manchmal den ganzen Abend lang! Jedenfalls hatte er einen Narren an ihm gefressen. Und das Gesicht des Jungen glühte! Garantiert erschien sein Kopf am nächsten Tag wieder in der Tür. Stunden bevor von dem Amerikaner auch nur irgendwas zu sehen gewesen wäre.
»Verschwinde! Er ist noch nicht da!«, sagte Phillipe Garcia.
»Wie spät ist es?«, fragte der Junge besorgt.
»Vielleicht kommt er heute gar nicht. Was sagt eigentlich deine Mutter zu deinem Freund? Was redet ihr denn da immer? Was erzählt er dir?«
Der Junge sagte nichts. Er durfte ja nichts sagen! Es war

doch ihr großes Geheimnis! Die Geschichte von dem Gefängnis und den drei Männern, dem Fluss und dem Floß. Aber er musste unbedingt wissen, wie es weiterging!

In diesem Augenblick legte sich eine Hand auf die Schulter des achtjährigen Juan.

»Wie heißt du eigentlich?«, fragte der Amerikaner, nahm die Brandyflasche von Phillipes Theke und setzte sich draußen auf einen der Stühle.

»Juan Ignatio«, sagte der Junge.

Der Gringo nippte an der Flasche, setzte sie ab und sagte: »Das ist mir zu kompliziert. Ich nenne dich einfach Jimmy, okay?«

Und Phillipe Garcia sah, wie der Kleine den Amerikaner ernst anblickte und nickte.

Die Gefängnisaufsicht verfügte, dass das Essen nicht nur sehr schmackhaft und gesund sein sollte, sondern auch schön angerichtet. Es galt, die Gefangenen ruhig zu halten. Dreimal täglich versammelten sich zu den Mahlzeiten mehr als 200 Männer im Speisesaal. Bewaffnet mit Messer, Gabel und Löffel. Dieser Raum war der potenziell gefährlichste im gesamten Gefängnis. An der Decke waren überall Kanister mit Tränengas angebracht. Die Gefangenen verliehen dem Speisesaal den Namen »Gaskammer«. Aber in der gesamten Geschichte von Alcatraz musste das Tränengas nie versprüht werden.

Es verging kein Tag, an dem die Gefangenen nicht deutlich zu spüren bekamen, was sie verpassten, was sie verloren hatten. Immer wieder trug der Wind Töne und Gerüche vom Leben in Freiheit in die Zellen. Man roch zum Beispiel den Duft von gebratenen Mandeln, hörte das bunte Treiben beim Jachtclub, der sich direkt gegenüber der Insel befand, verwehtes Mädchengelächter.
Und auf dem Freiganghof blickten die Gefangenen auf das dunkle Blau der Bucht, gespickt mit den weißen Segeln der Boote. Sie sahen Lichter auf dem Wasser glänzen, wie ein Meer von Juwelen. Und die rostrot im Sonnenlicht leuchtende Golden Gate Bridge.

JIMMY HATTE EINEN GANZ BESONDEREN Blick auf die Leute, die sich einmal auf Alcatraz aufgehalten hatten. Und auf die außergewöhnlichen Geschichten, in die sie dort verstrickt gewesen waren. Sein Alcatraz zerfiel in zwei Teile. Für ihn stellte dieser Ort eine Reibungsfläche dar, an der sich die alte Geschichte von Gut und Böse entzündete. Allerdings mit vertauschten Seiten. Dieses Gefängnis war gebaut worden, um die bösesten aller Verbrecher, die übelsten Gesellen des Landes auf zuverlässigste Weise und ein für alle Mal aus dem Verkehr zu ziehen. Jeder dieser Jungs hatte bei meinem Onkel Jimmy einen gewaltigen Stein im Brett. Und die andere Seite, die Wärter, die Direktoren, die Polizisten, die Eisengitter, die Steinmauern, die Stahltüren, die Schlösser, der D-Block mit den Isolierzellen und das eiskalte Wasser des Pazifiks – das alles war böse. Sein Augenmerk war auf das Menschliche gerichtet, das selbst an so einem rauen Ort wie Alcatraz und in der Interaktion mit und zwischen solch schwierigen Persönlichkeiten aufblitzte, das Rührende, die kleinen und großen Fluchten, die Ausbrecher, die Pläne, die Hoffnungen, die Spiele, alles, was die Männer getan hatten, um dieser entsetzlichen Situation zu entkommen. Das hat Jimmy fasziniert.

»Darauf kommt's an, im Leben, Tony!«, sagte er immer wieder. »Das man bereit ist, auszubrechen. Das man Fluchtpläne schmiedet.« Er erzählte mir davon, wie manche Gefangene in ihren Zellen Aquarellbilder malten, beispielsweise mit den verschneiten Alpen darauf, um voll und ganz in der Vorstellung aufzugehen, dort Ski zu laufen und nicht auf einer Pritsche in einer streichholzschachtelgroßen Zelle zu sitzen. Von den Handballspielen auf dem Freiganghof. Den Baseball- und Shuffleballturnieren, dem Hufeisenwerfen. Von den Bridgepartien. Spielkarten waren auf Alcatraz nicht erlaubt, darum verwendeten die Gefangenen Dominosteine. Sie erfanden ein System, das über kurz oder lang den Namen Auto-Bridge erhielt, weil man es nur mit sich allein spielte. Für viele der Häftlinge wurde das zu einer der bedeutendsten Beschäftigungen auf der Insel. Sie spielten auch draußen, obwohl es fast immer entsetzlich kalt war und der Wind wehte. Drei Stunden und länger saßen sie tagtäglich da draußen und spielten. Jimmy erzählte mir auch, dass einige Gefangene

mit guter Führung ein Fernstudium aufnahmen und innerhalb ihrer auf dem Felsen verbrachten Jahre zu bedeutenden Universitätsabschlüssen kamen.
Eine seiner Lieblingsgeschichten war die von einem Häftling, der eines Tages einigen seiner Gefängniskumpanen anbot, ihnen das Häkeln beizubringen. Also saßen mehrere schwere Jungs nebeneinander in ihren Zellen und häkelten. Es muss allerdings erwähnt werden, dass sie nicht sofort von dieser Idee überzeugt waren. Man kann sagen, sie mussten sich erst mit dem Gedanken anfreunden. Und das taten sie, indem sie den Häftling, der den Vorschlag zu häkeln aufgeworfen hatte, zunächst einmal für seinen schwulen Einfall entsetzlich vermöbelten.
Gern berichtete mir Jimmy auch von der Musikstunde, die in den späteren Jahren der Haftanstalt von Alcatraz jeden Abend zwischen 18:30 Uhr und 19:30 Uhr stattfand und in der alle Häftlinge ihre Instrumente spielen durften. Fast jeder Gefangene besaß eines, obwohl kaum einer von ihnen sein Instrument wirklich beherrschte. Und dementsprechend hörte sich diese Musikstunde wohl auch an. Ein sehr lautes, bizarres, aber irgendwie lustiges Schauspiel muss das Abend für Abend gewesen sein in dem alten, finsteren, hallenden Zellhaus mit den Steinmauern. In dem normalerweise vor allem die gespenstische Musik vorherrschend war, die der Wind machte, begleitet vom Kreischen der Möwen und gelegentlichen Rufen eines Schiffhorns. Die wenigen Gefangenen, die kein Instrument spiel-

ten, freuten sich besonders auf die Musikstunde. Einer von denen, so erzählte mir Jimmy, hatte einen neben sich wohnen, der Zugposaune spielte, aber auch nach mehreren Monaten diesem Instrument immer nur drei Töne entlocken konnte. Und jeden Abend, schwor sich eben dieser Häftling, der sich das aus nächster Nähe mit anhören musste, morgen erwürg ich ihn, aber wirklich. Jimmy und ich konnten uns darüber sehr amüsieren, obwohl das genau genommen alles andere als lustig war. Denn in der Tat geschah es auf der Gefängnisinsel immer wieder, dass ein Insasse einen anderen ermordete. Vorwiegend mit aus dem Speisesaal entwendeten Messern. Zum Beispiel unter der Dusche.

Ich erfuhr von dem Gefangenen namens Jim Quillen, der immer, wenn es dazu kam, dass er für mehrere Stunden oder gar Tage in eine der winzigen, vollkommen kargen und stockfinsteren Isolierzellen gesperrt wurde, einen Knopf seines Gefängnisoveralls abriss und irgendwo auf den Boden warf. Sich dann zweimal im Kreis drehte und schließlich auf Händen und Knien nach ihm suchte. Um eine Beschäftigung zu haben, irgendetwas zu tun, um nicht wahnsinnig zu werden. Wenn Jim Quillen den Knopf gefunden hatte, erhob er sich wieder und fing von vorne an.

Dann gab es die Geschichte von dem kleinen Jeep, der eines Morgens den Felsen abfuhr, mit zwei Aufsehern vorne und zwei Gefangenen, die hinten auf der Gepäckablage saßen. Dieser Trupp fuhr die Stellen auf der Insel ab, an denen die Kinder von auf Alcatraz lebenden Gefängnisangestellten am liebsten spielten, um ihnen die Plastikpistolen abzunehmen, die laut einem offiziellen Beschluss von einem Tag auf den anderen für die Kleinen auf der Insel verboten waren. Es war die Aufgabe der beiden Gefangenen, die Pistolen von den Kindern entgegenzunehmen. Vielleicht auch, um ihnen ein wenig Respekt einzuflößen. Aber immer, wenn diese Häftlinge mit den Rücken zu den Aufsehern auf der Gepäckablage erneut Platz genommen hatten und der Jeep anfuhr, warfen sie die Pistolen unbemerkt den Kindern wieder zu.

Und eine weitere von Jimmys absoluten Lieblingsgeschichten war der Fluchtversuch des John Giles vom 31.07.1945. Giles blieb unter allen anderen Männern, die im Laufe der Zeit versuchten, von Alcatraz zu fliehen, der einzige, der sich dabei nicht einmal die Füße nass machte. Er hatte dreißig Jahre Haft abzusitzen und war nach gut der Hälfte davon aus der Strafanstalt von Oregon entkommen und deshalb nach Alcatraz verfrachtet worden. Als er dort eintraf, hatte er seinen fünfzigsten Geburtstag bereits hinter sich.

Man teilte John Giles für Arbeiten am Anleger ein. Schwere Lade- und Entladearbeit konnte er nicht leisten, er war nicht kräftig genug. Also ordnete man an, er solle sich um die Bepflanzungen an den Wegen vom Dock hinauf zum Zellenhaus kümmern. Er hielt sich deshalb relativ häufig in unmittelbarer Nähe des Anlegers auf, wenn Wäsche von der Armee für das Waschhaus aus einem Schiff ausgeladen wurde. Im Verlauf mehrerer Monate gelang es John Giles, nach und nach größere wie kleinere Bestandteile einer Unteroffiziersuniform zu entwenden und nahe beim Dock an einer geheimen Stelle zu verwahren. Bis er schließlich alle Teile beisammenhatte. Während dieser gesamten Zeitspanne kontrollierten und reparierten Soldaten von einer Fernmeldeeinheit das Telefonsystem auf der Insel. Es herrschte reges Treiben am Dock. Schiffe legten an und fuhren wieder ab. Soldaten kamen und gingen.

Der 31. Juli schließlich versprach der perfekte Tag zu werden. Die Sonne schien, das Wasser der Bay funkelte, und wieder waren am Dock viele Menschen zugegen. Man erwartete die Ankunft eines Schiffes der Armee. In einem geeigneten Augenblick holte Giles seine Uniform aus dem Versteck, lief rasch hinter das Empfangsgebäude, legte die Uniform an und zog seine Gefängnisklamotten darüber. Während er sich nun wieder der Arbeit an den Wegen zuwandte, traf das Schiff ein. Sofort wurden die Gefangenen, die am Dock zu tun hatten, zum Zählen aufgestellt. Die Häftlinge waren alle anwesend. Die drei wachhabenden Männer packten dann beim Vertäuen des Schiffes mit an, halfen, die Gangway herunterzufahren, waren beim Entladen behilflich, schüttelten Hände. Das Schiff legte ab. Beim anschließenden Durchzählen waren die Häftlinge nicht mehr vollzählig. Ein Mann fehlte – John Giles. Sofort wurde Alarm ausgelöst.

Es kann nicht allzu lange gedauert haben, bis der Flüchtling, der in perfekter Haltung als Unteroffizier

verkleidet auf dem abgelegten Schiff neben einigen Armeesoldaten gegen die Reling gelehnt stand, bemerkte, dass genau dieses eine Schiff, das er für seine Flucht gewählt hatte, nicht wie die vielen vorherigen, von ihm genau beobachteten von Alcatraz abgelegten Schiffe das Festland ansteuerte, sondern die kleine, sich auf der gegenüberliegenden Seite des Felsens befindende Insel Angel Island, auf der man im Grunde genommen ebenso festsaß wie in einer Gefängniszelle.
Kaum hatte das Armeeschiff auf Angel Island angelegt, da wurde John Giles von einigen bewaffneten und grinsenden Männern in Empfang genommen.
Unter den vier Gefängnisdirektoren übrigens, die das Bundesgefängnis von Alcatraz in der Zeit seines Bestehens mit unterschiedlicher Strenge führten, war Jimmys Lieblingsdirektor Paul Madigan, der von 1955 bis 1961 dieses Amt bekleidete. Er war Jimmys Liebling, weil er von allen Leuten, die auf Alcatraz gezwungenermaßen oder freiwillig wohnten, »Promising Paul« genannt wurde. Paul der Versprecher. Er versprach einem immer alles. Nur hielt er es dann nie.

Die Häftlinge mussten sich täglich mindestens fünfmal zum Zählen aufstellen. Um 7:20 Uhr nach dem Aufstehen, um 11:50 Uhr vor dem Mittagessen, um 12:30 Uhr nach dem Mittagessen, um 16:35 Uhr nach Ausübung verschiedener Dienste und Arbeiten, um 17:30 Uhr nach dem Abendessen.

Jeden Montag, Mittwoch und Donnerstag erhielt jeder Gefangene auf Alcatraz ein Päckchen Wings-Zigaretten. Egal, ob er rauchte oder nicht.

DER TAG, DEN ICH MIR für die Observierung eines der meistgesuchten Verbrecher der USA ausgesucht hatte, erwies sich, vom Wetter her, als denkbar ungünstig. Die Ausläufer des Hurrikans Cary hatten New York erreicht, und es goss wie aus Kübeln. Und zwar ohne eine einzige Minute Unterbrechung. Das bedeutete, dass ich zuerst unter einem Regenschirm auf der Straße, bald aber in der Lobby des Hotel Splendid stundenlang ausharrte, um das kleine Sportgeschäft zu beobachten. Nach dem dritten heißen Tee machte ich mit dem Mann in der Lobby einen Deal. Ich gab ihm 20 Dollar dafür, dass ich mich dort aufhalten durfte und er mir keine Fragen stellte.

Das Sportgeschäft hatte keinen Namen. Es war auf Trikots spezialisiert, und das sah man sofort am Schaufenster. Football, Eishockey, Baseball. Als kleiner Junge hätte ich meinen Vater gezwungen, mir mindestens drei dieser Trikots zu kaufen. Der Mann, der an diesem Tag pünktlich um neun Uhr das Sportgeschäft aufgesperrt hatte – laut Onkel Jimmy tat er das seit über zehn Jahren jeden Morgen, außer sonntags –, dieser Mann war ohne Zweifel identisch mit einer der Personen auf Jimmys ominösem Union-Square-Park-Foto. Er war ziemlich alt. Er hatte noch ein paar wenige graue Haarstoppeln.

Er bewegte sich wie jemand, dem die Hüfte schmerzte. Aber an seinem breiten Kreuz war noch zu erkennen, dass er mal ein athletischer Typ gewesen war.
An der Tür des Ladens – davon hatte ich mich heute früh überzeugt – stand natürlich nicht der Name des Mannes, von dem Jimmy schwor, dass er es war. Auf dem inzwischen schon mehrfach übermalten, kleinen Schildchen war zu lesen: *Owner Bill Hancock*.
Detektivarbeit, fand ich an diesem Tag heraus, war alles andere als spannend. Jedenfalls in diesem Fall. Ich kam mir ziemlich bescheuert vor. Einmal, gegen halb zwölf, hatte eine alte Dame den Laden betreten, die sich aber nur nach irgendeinem Weg erkundigte. Das wurde deutlich, weil mein zu beobachtendes Objekt mit ihr zusammen hinaus auf die Straße getreten war und unter ihrem Regenschirm mit den Armen mehrere Rechts-Links-Deutungen vollführte. Dann war er wieder hineingegangen.
Um halb eins hatte er den Laden verlassen und zugesperrt und hatte vier Häuser weiter einen Hamburger gegessen. *Be right back*, hing in seinem Schaufenster. Und ich ging vor dem Hamburger-Lokal auf und ab und erhaschte gelegentlich einen Blick auf ihn, wie er allein an der Theke saß und in einer Zeitung blätterte.
»Kannst du ihm diesen Alcatraz-Quatsch nicht ausreden?«, hatte Jimmys Freundin Dorothy mal zu mir gesagt. »Dich mag er. Auf dich hört er, glaube ich. Du bist vielleicht der Einzige, der da was bewirken könnte. Das ist wie eine fixe Idee. Das ist krank. Nur weil er

einmal in einem Bücherladen am Union Square einen Mann gesehen hat, in dem er glaubte, einen berühmten Ausbrecher wiedererkannt zu haben!« Es war ihr vierundvierzigster Geburtstag. Und ich war bei ihr im Atelier. Jimmy hatte mich vorausgeschickt, weil er sie mit einem Musikständchen überraschen wollte. Dafür hatte er zwölf seiner Freunde angeheuert, die zusammen mit ihm überfallartig im Atelier auftauchen wollten. Meine Aufgabe war es, sicherzustellen, dass die Stahltür offen blieb (Stell einfach einen Schuh dazwischen!). Ich stand also in Socken herum, während Dorothy an einer großen, eisernen Skulptur arbeitete. Sie stand auf einer kleinen Leiter, in einem ausrangierten, olivgrünen und mit neongelben Streifen bestückten Overall der New Yorker Feuerwehr. In der Hand ein Schweißgerät. Vorm Gesicht, wie ein Ritter, ein dunkles Plexiglasvisier. Wenn sie mit mir sprach, drehte sie die Flamme ab, schob das Visier hoch und blickte mich an. Es war das einzige Mal in der Zeit meiner Anstellung in Jimmys Luncheonette, dass ich mit ihr allein war. Und es war das einzige Mal, dass sie nicht fröhlich war, sondern sehr ernst.

»Du musst ihm da raushelfen, aus dieser verrückten Geschichte!«

Was sie nicht wissen konnte, war, dass sich diese verrückte Geschichte bereits wie ein Geschwür in meinem Gehirn ausgebreitet hatte. Schnell. Raumgreifend. Inoperabel.

Im Gegensatz zu vielen anderen Strafanstalten wurde auf Alcatraz angeordnet, die schwarzen Häftlinge von den Weißen zu trennen. Mexikaner sowie Indianer durften Zellen neben weißen Gefangenen bewohnen, aber nicht die Schwarzen. In späteren Jahren wurde dieses Thema nochmals aufgegriffen. Allerdings ohne Erfolg. Es gab unter den Insassen zu viele Rassisten.
Unter den rund 100 Strafbeamten gab es ebenfalls nur eine sehr geringe Zahl von Afroamerikanern.
Es gab keine weiblichen Gefängnisaufseher oder Gefangenen auf Alcatraz. Bis 1969 – sechs Jahre nach der Schließung des Inselgefängnisses – waren weibliche Gefangene nicht als »unverbesserlich« einzustufen.
Die einzigen weiblichen Personen auf der Insel waren die Frauen und Töchter der Gefängnisaufseher.

JIMMYS VERSION DER GESCHICHTE rund um das Sportgeschäft:
Inhaber: John Anglin. Einmal jedes Jahr im Sommer, am 11. Juni, liefen in diesem Sportgeschäft zwei andere Männer ein. Johns Bruder Clarence und der Kopf der Bande, Frank Lee Morris. Der Erste, so behauptete Jimmy zu wissen, schlug sich als Landarbeiter durch und kam jedes Jahr aus unterschiedlichen Gegenden für dieses Treffen nach New York. Der zweite war lange in Mexiko-City untergetaucht gewesen, lebte inzwischen in Washington und kam jedes Jahr mit dem gleichen Greyhound-Bus in der Central-Station an.

An ihrem besonderen Tag führte sie der Weg immer über den Union Square. Manchmal spielte Morris eine Partie Bodenschach mit einem Penner, und die Gebrüder Anglin schauten zu. Abends hatte J-Dub immer denselben Ecktisch reserviert. Auf den Namen Bill Hancock. Im Steakhouse *Fullpounder* in der Harrisonstreet. Clarence übernachtete bei seinem Bruder. Frank Lee Morris im Hotel Splendid gegenüber dem Sportgeschäft.

Diesen Teil der Geschichte, oder jedenfalls die Tatsache, dass drei alte Männer all dies taten und jedes Jahr wieder taten, konnte Jimmy fotografisch belegen. Er konnte sogar beweisen, dass die Stimmungslage offensichtlich klar verteilt wurde. Frank Lee Morris und John Anglin sieht man oft lachen auf den Fotos. Clarence Anglin macht eher einen düsteren, in sich gekehrten Eindruck. Unter den vielen Fotos, die mir Jimmy hingeworfen hat, gab es zwei, die er nebeneinander auf die Seite gelegt hat. Traurige Bilder. Beide zeigten den Ecktisch im Fullponder Steakhouse. Auf dem einen waren nur noch zwei der Männer zu sehen. Morris und John Anglin. Auf dem anderen nur noch einer.

»Das war vor drei Jahren«, sagte Jimmy. »Ein einziges Mal ist er noch alleine hingegangen.«

John W. Anglin, der letzte Verbliebene? Ich wusste viel über ihn. Von seiner rauen Kindheit auf dem Land in Florida angefangen bis zu der Nacht, in der er sich in das eiskalte Wasser der San Francisco Bay begab. Ich hatte alle Informationen, die in Jimmys Kiste aufzufinden waren, in den langen Abenden und Nächten nach der Schicht in der Luncheonette in mich aufgesogen. Ich wusste, dass er aus Ruskin kam, einem winzigen Ort, circa zwanzig Meilen südlich von Tampa, der nur aus einem Café, einem Krämerladen und ein paar wenigen Häusern und Farmen bestand. Dass er ebenso wie seine vielen Brüder schon in frühen Jahren die Schule verließ und von einem Feld zum nächsten zog. Auf ihnen arbeitete, um die sehr große und sehr arme Familie mitzuernähren. Er erntete vor allem Tomaten, für die die Gegend rund um Ruskin berühmt war, aber er war auch auf vielen Getreidefeldern beschäftigt. Ich wusste, dass er am liebsten mit seinem älteren Bruder Alfred und seinem kleineren Bruder Clarence zusammen war. Dass die drei so etwas wie ein Team bildeten. Dass sie gern zusammen Autos knackten, um Frauen zu beeindrucken, und dass sie dann mit den geklauten Wagen und den aufgeregten Damen im Schlepptau Spritztouren nach Tampa oder zum Autokino unternahmen. Und dass sie die Karren dann immer einfach irgendwo stehen ließen. Dass John sehr lustig gewesen war und eine sehr lockere Art gehabt hatte, die bei Frauen gut ankam. Dass er ein ausgezeichneter Schwimmer gewesen war, der in der Schule Medaillen gewonnen und einmal im Little Manatee Fluss einen Jungen vor dem Ertrinken gerettet hatte. Dass er das erste Mal ins Gefängnis kam, weil er zusammen mit den beiden anderen Mitgliedern seines Teams, Alfred und Clarence, mit einer Spielzeugpistole eine Bank in Columbia, Ala-

bama, ausraubte und ungefähr 23 000 Dollar, bar und in Travellerscheques, erbeutete. Die drei wurden nur fünf Tage später von der Polizei in einem Haus in Hamilton, Alabama, aufgegriffen, wo sie sich zusammen mit ihren Freundinnen versteckt hielten. Eine ihrer Schwestern behauptete später, die drei hätten vorgehabt, das gesamte Geld der Familie zu überlassen. Auch über Clarence wusste ich viel. Dass er ein ähnlich lockerer Typ war wie sein Bruder J-Dub. Allerdings einen leichten Hang zur Schwermut hatte und sich stets ein bisschen aggressiver verhielt. Dass er im Alter von dreizehn bis siebzehn immer wieder aus Jugendstrafanstalten ausbrach, in die er aufgrund kleinerer Diebstähle eingeliefert worden war. Dass er dann gelegentlich, mitten in der Nacht, an der Tür der elterlichen Farm in Ruskin auftauchte, für einen schnellen Kleidertausch. Er sagte weder, wohin er ging, noch, um wen es sich bei diesen Männern handelte, die draußen im Wagen warteten. Er sagte nur immer wieder: »Keine Sorge, ich schaffe es schon.« Aber er schaffte es nie. Über kurz oder lang wurde er immer wieder geschnappt. Ich wusste, dass die beiden Brüder nach ihrem Entkommen von der Gefängnisinsel, soweit bekannt ist, mit keinem der großen Anglin-Familie je wieder Kontakt aufnahmen.
In dem Informationsmaterial über den Ausbruch vom 11. Juni 1962, das mir Jimmy in meiner zweiten Woche in Manhattan gegeben hatte, war oft in Bezug auf die Anglins von »hohlen Landeiern« die Rede. In einem der Artikel stand, J-Dub Anglins Wissensstand sei

mit dem eines Drittklässlers gleichzusetzen gewesen. Jimmy war darüber sehr erbost. »Die Behörden haben es sich in diesem Fall sehr leicht gemacht«, sagte er, »wenn sie jemanden als dumm einschätzten, nur weil er keinen Schulabschluss hat. Die Brüder hatten zweifelsfrei Charme. Und ganz so dumm kann man nicht sein, wenn man es mehrfach schafft, aus angeblich sehr sicheren amerikanischen Gefängnissen auszubrechen. Auf dem Wissensstand eines Drittklässlers? Was soll das überhaupt bedeuten? Eines ist jedenfalls sicher: In vier von fünf Fällen ist ein Drittklässler sowieso gescheiter als jeder Regierungsbeamte.«

Auch über J-Dubs *späteres* Team, diesmal kein Dreier-, sondern ein Vierergespann, das daran ging, den Felsen zu bezwingen, hatte ich wirklich so einiges gelesen. Über Frank Lee Morris, den finster dreinblickenden, schweigsamen großen Unbekannten. Aufgewachsen in mehreren Waisenhäusern und bei ständig wechselnden Pflegeeltern. Der im Gefängnis Frankie oder Ace genannt wurde, angeblich einen Intelligenzquotienten von 133 besaß und sich schon überall und nirgends herumgetrieben hatte: New Orleans, Kansas City, Baltimore, Washington, D. C., New York City etc.

J-Dub Anglin. Ich wusste viel über ihn. Eines allerdings nicht. Ob man durch die schmale Eingangstür des Sportgeschäfts, die sich nur wenige Meter von mir entfernt auf der gegenüberliegenden Straßenseite des Hotels befand, mit dem quadratischen Fenster, dem Gitter davor und dem Briefschlitz, zu ihm gelangte.

Alcatraz-Gefangenenvokabular (Auszüge):

Time out	*ins Gefängnis kommen*
Fresh fish	*Neuankömmling*
Double team	*zwei Wärter, die vorübergehend einen Gefangen in Schach halten*
Catwalk	*Waffengalerie*
Hot box, hole	*Isolierzelle*
Gang bang	*Vergewaltigung durch mehrere Häftlinge*
Screw	*Wärter*
Rat	*Verräter, Informant*
March on the red carpet	*eine Strafe verrichten*
Scrabble	*Gefängnisessen*
Hit the bricks	*nach San Francisco fliehen*
Hellcatraz	*allgemeine Bezeichnung für das Inselgefängnis*

MEINE ERSTE RICHTIGE BEGEGNUNG mit Eleanor fand in dem großen, holzverkleideten Speisesaal der Station PSY 46 im Klinikum Hamburg Nord statt, der zugleich auch als Aufenthaltsraum diente. In der Mitte dort stand ein lang gestreckter Tisch mit je zehn Stühlen an seinen beiden langen Seiten, über den immer eine grüne Tischdecke mit ein paar erhabenen Kleeblättern darauf ausgebreitet war und an dem um 7:00 Uhr das Frühstück, um 12:00 Uhr das Mittagessen und um 17:00 Uhr das Abendessen eingenommen wurde.

Das Austauschen der Tischdecke war stets für Montag anberaumt. Und zwar fiel das in den Aufgabenbereich des wöchentlich wechselnden Küchen- und Tischdienstes, der immer aus zwei Patienten der Station bestand. Wegen der Vorbereitung des Frühstücks mussten diese beiden früher aufstehen als gewöhnlich, nämlich nicht um halb sieben, sonders bereits um Viertel vor sechs.

Das Gute daran, Tischdienst zu haben, war, dass man dafür ab und zu wegen des Mittagessens eine Viertelstunde eher der Bewegungstherapie von Frau Zilker, der Maltherapie von Herrn Below, dem autogenen Training oder was sonst auf dem Programm stand, entrinnen konnte.

Wenn sie nicht gerade gewechselt worden war, konnte man anhand dieser Tischdecke immer den Speiseplan der zurückliegenden Tage rekapitulieren, denn Flecken in den unterschiedlichsten Farbtönen kündeten von den diversen Kartoffelgnocchi mit Zwiebeln, Rindsrouladen, Eiern mit Senfsauce (auf der Station gab es immer schwere Kost), die die Riege der Borderliner, der Manisch-Depressiven, der Drogensüchtigen, Essgestörten und so weiter, zu denen sowohl Eleanor als auch ich zählten, zusammen mit zwei Personen vom Pflegepersonal jüngst verschlungen hatten.

In einem wuchtigen Schrank auf der Südseite des Raumes war ein Fernseher eingesperrt, den man immer nur abends eine Viertelstunde zu Gesicht kriegte, wenn die Nachrichten kamen. Und zweimal hatte ich miterlebt,

dass die Patienten über einen Film abstimmen durften, den sich dann alle gemeinsam abends ansahen.
In zwei Ecken des Raumes gab es kleine Holzbänke mit je einem Tischchen davor, auf denen alte Zeitschriften ausgebreitet waren, man Malblöcke, Stifte, Wasserfarben und Pinsel fand. Und auf denen zusätzlich immer noch irgendein persönliches Utensil lag, das ein Patient dort deponiert und vergessen hatte. Ein MP3-Player, eine Kinder-Hörspielkassette, zum Beispiel aus der Bibi-Blocksberg-Reihe (die waren auf meiner Station sehr beliebt), Strickzeug, Mandala-Bücher, ein Sudoku-Bändchen. Beim Anblick dieser Sachen wäre ich immer fast in Tränen ausgebrochen. Weil ich dachte, da sind sie, die kleinen Dinge, an denen man sich festzuhalten versucht und die allesamt nichts nützen. Eine Wand im Speisesaal war mit einem großen Bücherregal verstellt, die sogenannte stationseigene Bibliothek. Sie bestand aus von Patienten und Betreuern gespendeten Romanen. Hauptsächlich Krimis. Man durfte sich nehmen, was man wollte. Darunter waren aber auch relativ viele Erotikbücher, zum Beispiel *Die Geschichte der O.* von Pauline Réage oder *Emmanuelle und die Schule der Lust* von Emmanuelle Arsan. Ich weiß noch, dass ich mich damals oft fragte, ob diese Bücher alle von demselben Menschen der Bibliothek überantwortet worden waren, und stellte mir in diesem Zusammenhang immer eine hochaufgeschossene Lesbe vor, die zu sich gesagt hatte: »Wenn ich jetzt eh schon auf dieser Scheißstation gelandet bin, wo man nichts tun kann

außer zu lesen, dann will ich mir auch was Gescheites vornehmen.«
Und rechts, gleich neben dem Eingang, stand ein schwarzes Yamaha-Klavier, das sehr alt aussah, aber noch tadellos funktionierte. Immer dienstags nach dem Frühstück saß der Musiktherapeut Herr Ludwig an diesem Klavier, hämmerte mit seinen dicken Fingern leidenschaftlich in die Tasten, und unter seinem Kommando sangen die rund zwanzig Bewohner von PSY 46 ein Guten-Morgen-Lied. Was ich, egal, wie schlecht es mir gerade ging, immer lustig fand, denn dieses fröhliche Stück Musik stand im scharfen Kontrast zu den morgendlich verstrubbelten Haaren und den verzagten Gesichtern der Sänger.
Ich für meinen Teil hielt mich nie besonders gern im Speisesaal auf. Ich fühlte mich in ihm sehr beklommen, und Übelkeit kroch in mir hoch. Das lag nicht an dem penetranten Essensgeruch, der in ihm stand, sondern daran, dass es einem erschien, als würde man von all den Verzweiflungen heimgesucht, die die vielen Menschen im Lauf der Jahre in den Saal hineingetragen hatten. Als wäre man ihnen dort besonders schutzlos ausgeliefert. Trotzdem kam man, ganz abgesehen von den Mahlzeiten, gar nicht umhin, ihn aufzusuchen. Denn PSY 46 bestand nur aus einem langen Gang, den verschiedenen Patientenzimmern und eben diesem Speisesaal. Es war letztlich egal, wo man sich aufhielt, auf dieser Station fühlte man sich nirgends besonders toll. Mein Zimmer hatte die Nummer 102 und stand

dem Aufenthaltsraum in puncto Tristesse in nichts nach, nur dass es kleiner und finsterer war und mit den hässlichsten Gardinen der Welt aufwarten konnte.
Es war Donnerstagmorgen, gegen zehn Uhr. Ich war gerade der einzige Patient auf der Station. Alle anderen hatten oben im dritten Stock entweder Kunsttherapie oder ihre Entspannungsgruppe. Für mich aber war an diesem heiteren Augustmorgen eine ärztliche Generaluntersuchung angesetzt worden. Eine Woche vorher hatte ich mich genau der gleichen Untersuchung schon einmal unterzogen, aber da das Klinikum Hamburg Nord aus so vielen verschiedenen Abteilungen und Stationen bestand, waren meine Werte irgendwo auf dem Weg nach PSY 46 verloren gegangen. Den zweiten Check, der wiederum in einem anderen Gebäudekomplex durchgeführt wurde, hatte ich frühzeitig hinter mich gebracht und war danach wieder auf unsere Station zurückmarschiert. Eigentlich hätte ich jetzt noch zu meiner Gruppe in die Kunsttherapie hinaufgehen sollen, um mir anzuhören, wie zunächst Herr Below und dann alle Mitglieder meiner Kunstgruppe reihum das Bild irgendeines Patienten interpretierten, das heißt immer mit dessen Elend in Verbindung brachten, selbst wenn dieser Patient eine riesige Sonne gemalt hatte. Ich konnte mich nicht dazu aufraffen. Ich schlenderte in den Speisesaal, setzte mich dort an den Tisch, streckte meine Beine aus und blätterte in einem schönen, bebilderten Band mit Reimen für Kinder, den ich der Bibliothek entnommen hatte.

Nach einer Weile hörte ich draußen vom Gang her, wie die breite Milchglastür zur unserer Station aufgedrückt wurde. Ich hörte Schritte auf dem PVC-Boden und dann die Stimme von Schwester Cecilia, einer älteren Dame vom Pflegepersonal, die eine gerade hereinkommende Person begrüßte. Ich mochte Cecilia von allen Betreuern am liebsten. Einmal hatte ich miterlebt, wie sie mit einem Patienten mitten auf dem Gang zu dem Lied *Cecilia* von Simon & Garfunkel getanzt hatte. Als ich an diesem Morgen im Speisesaal saß, hörte ich sie zu der anderen Person sagen: »So, jetzt bist du also wieder da! Schön, oder?« Die hereingekommene Person schien nichts darauf zu erwidern. Einige Augenblicke später jedenfalls erschien dieser Mensch, mit dem Schwester Cecilia gesprochen hatte, in der Tür zum Speisesaal.

Es war Eleanor.

Wie immer war nur wenig von ihrem Gesicht zu erkennen. Ihre fettigen braunen Haare hingen ihr vorne in die Stirn und bis über die Augen. Dafür aber war zu sehen, dass sie in letzter Zeit sehr oft und lange geweint haben musste. Die Haut in ihrem Gesicht hatte einen fiebrigen Glanz, und schwarze Schminke malte noch immer die Stellen nach, an denen ihr Tränen über die Wangen gelaufen waren. Sie trug enge, helle Jeans und ein viel zu großes schwarzes T-Shirt mit einem Bild aus dem Film *9½ Wochen* darauf, in dem ich sie schon einmal gesehen hatte. Nahe am Ausschnitt des T-Shirts saß ein roter Button, der wie ein Blutstropfen leuchtete.

Ihre Füße steckten in schwarzen Turnschuhen mit sehr hohen Sohlen.
Drei Tage vor unserer Begegnung im Speisesaal war Eleanor auf einmal aus der Station verschwunden. Es hieß, sie hätte eines Nachmittags eine Art Anfall gehabt und wäre deshalb vorübergehend auf eine geschlossene Station gebracht worden. Dieser Vorfall hatte bei den Patienten von PSY 46 für gewaltige Unruhe gesorgt. Ihr Anfall war nichts, was sie kannten. Kein Heulkrampf, kein Ausrasten. Sondern eher das Gegenteil. Sie war in eine fast schon unheimliche Starre verfallen. Auch wenn meine Leidensgenossen in der Regel gut miteinander zurechtkamen und auch mit dem engen Raum, auf dem sie sich alle gezwungenermaßen aufhalten mussten, lag immer deutlich spürbar eine große Gereiztheit, eine Überspannung in der Luft, und es brauchte nicht viel, um Unruhe heraufzubeschwören oder Patienten gegeneinander aufzuhetzen. Es genügte zum Beispiel ein zu lange offen gelassenes Fenster, zu lautes Türenschlagen, ein einzelnes zu taktlos ausgesprochenes Wort. Der Aufruhr, der durch die Sache mit Eleanor auf der Station ausgelöst wurde, war größer als alle vorausgegangenen, die ich miterlebt hatte. Alle waren komplett außer sich geraten. Man hatte die ganzen drei Tage über nichts anderes mehr gesprochen. In den Therapiesitzungen ebenso wie in der Freizeit. Viele Patienten hatten geäußert, dass diese ganze Sache ihnen große Angst gemacht hätte. Und sie wollten nicht, dass Eleanor auf die Station zurückkäme. Sie sagten, so ein

heikler Patient würde nur das Wohlbefinden der anderen Insassen auf der Station gefährden, und fanden in diesem Kontext geschlossen Gelegenheit, meinen jähzornigen Zimmerkameraden Rainer, den Taxifahrer, gleich mit anzugreifen. Ich gehörte zu den wenigen, die Partei für Eleanor ergriffen. Erstens ging mir die Hysterie der Patienten auf den Zeiger, und zweitens war ich schon ein bisschen verliebt in dieses merkwürdige, imposante Mädchen mit der jungenhaften Figur, das fast nie etwas sagte, dafür aber einmal in einer Gruppentherapie eine Patientin namens Iris angefahren hatte, die darüber klagte, dass ihre Schwester sie so mies behandelte: »Das lässt du dir von ihr gefallen? Ich hab mir nie irgendwas von jemandem aus meiner Familie gefallen lassen.«

An dem Morgen, an dem sie im Aufenthaltsraum auftauchte, schien es zuerst, als würde sie mich gar nicht wahrnehmen. Sie sah mich nicht an. Sie sagte nichts, und ich sagte dann auch nichts. Sie schlurfte langsam rüber zum Klavier, setzte sich auf den kleinen Hocker mit der runden, drehbaren Sitzfläche und begann zu spielen. Sie spielte immer nur und immer wieder die gleichen drei Töne.

Ich hätte schon gerne etwas zu ihr gesagt. Nämlich, dass ich mich sehr darüber freute, dass sie wieder da war. Aber ich traute mich nicht. Ich fühlte mich auch etwas unwohl, mit ihr allein in diesem großen Raum, in dieser merkwürdigen Situation und unter dieser etwas Angst einflößenden Hintergrundmusik.

Lesen konnte ich nicht mehr. Ich wusste weder, was ich machen, noch, wo ich hinschauen sollte. Vor allem wollte ich ihr auf keinen Fall das Gefühl geben, dass ich wegen ihres Anfalls und so weiter vorhatte, nichts mehr mit ihr zu tun zu haben. Und darum gleich demonstrativ hinauszueilen. Schließlich beschloss ich, gar nichts zu tun und einfach sitzen zu bleiben. Meinen Blick hielt ich auf eine blaue bauchige Vase auf dem Tisch gerichtet, die mir vorher nicht aufgefallen war. Mit vielen kleinen Blumen darin, die alle aussahen, als wären sie von einer Sommerwiese gepflückt. Ich weiß noch, dass ich mich kurz damit beschäftigte, wie grell die Farben dieser winzigen Blumen waren. Und eine Sekunde lang musste ich schmunzeln, weil ich dachte, es war, als versuchten sie wacker, in ihrem bescheidenen Rahmen alles nur Mögliche gegen die Traurigkeit, die in diesem Speisesaal beheimatet war, zu unternehmen. Eleanor spielte währenddessen mit zunehmender Aggressivität diese drei Töne. Plötzlich hörte sie auf, drehte sich auf dem Hocker zu mir um und sagte: »Kannst du mir 'nen großen Gefallen tun und dich verpissen?«
Ich starrte sie entgeistert an, dann stotterte ich irgendetwas und erhob mich rasch. Das Buch ließ ich liegen. Ich verließ diesen Raum, so schnell es ging.
Zwei Tage später, an denen ich mir große Mühe gegeben hatte, sie zu übersehen, trat Eleanor nach dem Nachmittagskaffee, der immer montags, mittwochs und freitags von allen Patienten gemeinsam im An-

schluss an die durchweg gehasste Gruppentherapiesitzung eingenommen und wie ein heiliges Ritual angesehen wurde, auf dem Gang der Station eilig auf mich zu und drückte mir ein zusammengerolltes und mit einer blauen Schleife versehenes Bild in die Hand. Außerdem überreichte sie mir noch ein winziges cremefarbenes Kuvert mit einem Brief darin. Und zog anschließend sofort wieder von dannen. Später, auf meinem Zimmer, öffnete ich zuerst das Kuvert und las den Brief, den ich heute noch habe. Darin stand Folgendes:

Lieber Anton,

ich habe Dir ein Bild gemalt. Das soll eine Entschuldigung sein. Es tut mir leid, dass ich Dich letztens so blöd angemacht habe. Weißt Du, es war nur so, ich wollte nicht, dass man mich so sieht. In dieser Verfassung. Besonders nicht Du.

Deine Elle

Eine gewaltige Freude überkam mich. Nicht nur, weil sie das geschrieben hatte, sondern auch, weil ihr Bild, das ich daraufhin auf meinem Bett entfaltete, einfach wunderschön war. Es war ein Aquarellbild in der Größe DIN A3. Man sah ein Häuserdach mit Schornstein und darüber eine Krähe, die sich in einen tiefblauen Himmel schwang. Das Ganze sah sehr realistisch aus. Ich hätte nie gedacht, dass Eleanor so gut malen konnte. Und wäre mir doch irgendwoher zu Ohren gekommen, dass sie an einem Bild für mich arbeitete, hätte ich bestimmt nicht mit etwas Gegenständlichem, sondern

eher mit einem Resultat gerechtet, dass an Picassos *Guernica* erinnerte. Ich war sehr verliebt.
In der Folgezeit verbrachten Eleanor und ich viel Zeit miteinander.
Obwohl sie noch immer sehr wenig sagte, erfuhr ich nach und nach ein paar Dinge über sie. Ich erfuhr zum Beispiel, dass sie aus Freiburg kam. Dass ihre Eltern beide Lehrer waren. Auf einem Mädchengymnasium namens St. Ursula. Dass sie in der Wiehre gewohnt hatte, einem alten, idyllischen Viertel, von dessen Straßen aus man überall die dunklen Tannen des Schwarzwaldes in nur geringer Entfernung erkennen konnte und in dem, laut ihrer Aussage, überhaupt fast nur Lehrer wohnten. »Ich fand's zum Kotzen«, sagte sie. »Ich fand alles zum Kotzen, die Hügel, die natürlich hübsch aussahen und alles, bei denen man aber das Gefühl hatte, sie schlossen sich tagtäglich dichter um einen und um die ganzen verschlafenen Freiburger Straßen, bis es eines Tages kein Entkommen mehr geben würde. Ich fand meine Eltern zum Kotzen, ihre Heuchelei, unsere Wohnung, das ganze Leben dort. Mit siebzehn bin ich abgehauen. Leid hat es mir nur wegen meinem kleinen Bruder getan. Ich hatte das Gefühl, ich lasse ihn einfach da zurück, in der Finsternis. So ist es mir vorgekommen.« Sie lächelte schwach. Dann fügte sie hinzu: »Na ja, aber ich denke, es geht ihm heute ganz gut. Besser sicherlich als mir.«
Ich erfuhr, dass sie sich noch in Freiburg einem Haufen von Straßenmusikern angeschlossen hatte und

mit ihnen trampend oder per Regionalzug durch Deutschland gereist war. Mannheim, Frankfurt, Köln, Dortmund, Berlin, Bremen, Bremerhaven, Hannover, Hamburg. »Über Nacht wurde ich zu einer kleinen Punkerin.«

An einem Nachmittag, als wir, nachdem die Bewegungstherapie vorbei war und wir geduscht hatten, nebeneinander auf der Lehne einer Bank vor der schmucklosen Klinikkapelle saßen, erzählte sie mir von Kai. Einem schüchternen, aber sehr großen und kräftigen Typen aus Berlin, der sich zu ihrer Gruppe von Musikern hinzugesellt hatte und in den sie sich verliebte. »Er spielte ganz andere Sachen als wir«, sagte sie. »Seine Sachen waren irgendwie gefühlvoller.«

»Was ist aus Kai geworden?«, wollte ich wissen. Sie schwieg längere Zeit. Dann sagte sie: »Der sitzt jetzt irgendwo, betrunken, und singt seine Lieder. Er war echt ein netter Kerl. Aber man musste sich mit ihm dauernd am Abgrund entlanghangeln.«

Sie saß da, eine Strähne ihres Haars über dem rechten Auge hängend, das Gesicht zur Hälfte von mir abgewandt, und wanderte mit ihrem Blick über einen Teil des Parks, der in der Nachmittagssonne dalag und einem wie jeder andere Park eines x-beliebigen Krankenhauses viel zu friedlich vorkam, über die Bäume in ihrem schönen Grün und über den schmalen, schattigen, sich zu den einzelnen Gebäuden hinschlängelnden Spazierweg. Ich weiß noch, dass sie an diesem Nachmittag nach dem Duschen sehr frisch und erholt aussah und

ein hellbraunes, tailliertes Cordjackett anhatte, das sie zwei Tage vorher bei einem Ausflug in die Innenstadt gekauft hatte.
Nachdem wir uns beide eine Weile im Schweigen hatten treiben lassen, klatschte sie einmal kurz in die Hände und sagte: »Los, lass uns in der Kapelle Kerzen anzünden, für die ganzen geschundenen Seelen hier.«
Eleanor hatte etwas an sich, in dieser speziellen, in ihrem Herzen nistenden Unruhe, die auch von außen immer deutlich spürbar war, in dem kalten Blick ihrer hellgrünen Augen, auf die ich jetzt häufiger einen Blick erhaschen konnte, die auch eine große Verlassenheit ausdrückten, in ihrer ganzen rauen Art, das ich ungemein romantisch fand. Es war eine ähnliche Form von Romantik, wie ich sie manchmal beim Anblick gewisser und etwas trostloser Stellen innerhalb einer Stadt empfand. Zum Beispiel einer großen, leeren, vom gelben Laternenlicht beleuchteten Straßenkreuzung, über die der Wind pfeift. Einer verlassenen S-Bahn-Station, zu später Stunde. Einem verrammelten Kioskhäuschen. Ich hatte etwas Derartiges bei einem Menschen noch nie erlebt.
Was sie an mir fand, wusste ich nicht so recht. Einmal sagte sie zu mir: »Ich mag dein Gesicht. Es sieht aus wie Zucker.«
Als mein dritter Monat auf PSY 46 anbrach, tauschte sie ihr Zimmer mit einer anderen Patientin und wohnte direkt neben Divakar, Rainer und mir. Das Pflegepersonal war darauf bedacht, dass man sich nie in einem

anderen Patientenzimmer aufhielt. Eleanor und ich kommunizierten oft über Klopfzeichen. Ich weiß noch, dass dreimal klopfen hieß: *Wie geht's dir?* Und dass als Antwort wiederum dreimaliges Klopfen bedeutete: *beschissen.*

Eines Nachts schließlich kam Eleanor heimlich zu uns ins Zimmer rüber und schlüpfte unter meine Bettdecke. Das erwies sich unter anderem deshalb als sehr günstig, weil Rainer nicht da war. Für jeden Patienten der Station wurde, gegen Ende seines Aufenthaltes in der Klinik, eine Nacht angesetzt, die er wieder bei sich zu Hause verbringen durfte, um sich so langsam auf seine Entlassung vorzubereiten. Deshalb also war in dieser einen Nacht Anfang September, in der es übrigens sehr stark regnete, in Zimmer 102 außer uns nur mein Sigh-Priester Divakar zugegen. Als Eleanor und ich miteinander schliefen, war ich mir sehr wohl bewusst, dass der Inder, der in der Dunkelheit in seinem schmalen Bett dicht neben uns lag, nicht die beste Nacht seines Lebens hatte, und ich wusste auch, dass er sich in hundert Jahren nicht darüber beschweren würde, und er tat mir sehr leid, und seinetwegen schämte ich mich fortan noch vielmehr, als ich es jemals getan hatte. Aber das, was unter meiner weißen Krankenhausdecke vor sich ging, konnte man einfach nicht vorzeitig beenden.

Rainer übrigens wurde dann doch nicht so bald entlassen. Weil er in den Augen der Pfleger ein klein wenig zu betrunken und mit zu übler Laune am frühen

Morgen nach seiner Nacht in Freiheit wieder auf der Station erschien.

In einem großen Raum direkt hinter dem gefürchteten D-Block befand sich die gefängniseigene Bibliothek. Häftlinge mit Leseprivilegien schrieben ihre Wünsche auf eine Karte. Und wenn das Buch vorrätig war, wurde es ihnen von einem der Mithäftlinge, die für die Arbeit in der Bibliothek eingeteilt waren, gebracht. Man konnte auch Zeitschriften abonnieren. Aber Artikel, die den Aufsehern unliebsam erschienen, wurden rausgeschnitten, egal, ob man eine Serie las, die auf der Rückseite stand.

DER PORTIER IM HOTEL SPLENDID schaltete die gelben Wandleuchten an. Die Wolken, die der Hurrikan Cary mit sich gebracht hatte, hatten New York bereits am Nachmittag verdunkelt.

Meine Stunde war gekommen. Ich stand auf, zog mir die Jacke über den Kopf, rannte über die Straße und betrat das Sportgeschäft. Eine kleine, altmodische Klingel über der Tür kündete mich an. Der freundliche Mann sagte: »Kennen Sie diesen Cary? Sagen Sie ihm, er soll sich jetzt schlafen legen. War ein langer Tag.«

Wir wechselten die üblichen Worte. Wo kommst du her, Junge und so. Und ich sagte ihm, dass ich die New York Rangers mag. Und dass ich gern ein Foto machen würde von seiner Trikotsammlung hinter der Theke.

Der Mann, der sich Bill Hancock nannte, hatte ein auffallend tief hängendes Augenlid auf der linken Seite. Vielleicht ein Schlaganfall, dachte ich bei mir. Er sprach mit einer auffallend angenehmen, beinahe vornehmen Stimme.
Er sagte: »Fotos? Dafür ist es jetzt schon zu dunkel.«
Ich zeigte ihm meine Digitalkamera.
»Kein Problem«, meinte ich. »Da ist ein Blitz drin.«
Er wandte sich ab, öffnete einen Schrank im hinteren Teil des Ladens und schichtete Stapel von Trikots um, bis er gefunden hatte, was er suchte. Das brachte er nach vorn und legte es auf die Theke. Es war dunkelblau.
»New York Rangers, 1985, Ausweichtrikot!«, sagte er. »Ganz selten.« Und lächelte ein wenig. »Nimm's mit nach Deutschland.«
Ich hob meine Kamera.
Es war eine relativ schnelle Bewegung, mit der seine Hand über die Theke kam und sich schwer auf meine Schulter legte.
»Lass mal«, sagte er. »Ich bin nicht gern auf Fotos.«
»Was kostet das Trikot?«, fragte ich.
»Ich schenk's dir.«

Die vier Gefängnisdirektoren von Alcatraz:
James Johnson (Direktor von 1934–1948), »Salzwasser Johnson«
Edwin B. Swope (Direktor 1948–1955)

Paul Madigan (Direktor 1955–1961), »Promising Paul, Paul der Versprecher«
Olin »Blacky« Blackwell (Direktor 1961–1963), leitete das Gefängnis bis zum Tag der Schließung, dem 21. März 1963

Die Wärter hatten alle eine zweireihige graue Uniform mit Mütze. Selbst Schuhe und Socken wurden für sie bereitgestellt. Jeder hatte zudem eine rote Krawatte zu tragen. Sie wurden von vielen Häftlingen Rotschlipse genannt. Die einzige Ausrüstung, die man ihnen zur Verfügung stellte, war eine Pfeife. Jedoch trugen viele der Wärter Totschläger. Obwohl es offiziell verboten war.
Viele der Alcatraz-Strafbeamten lebten auf der Insel. Auch ihre Ehefrauen und Kinder lebten dort. Es gab einen Krämerladen und eine inselinterne Bowlingliga. Alle 20 Minuten fuhr eine Fähre nach San Francisco. Eine Frau, die als junges Mädchen auf der Insel gewohnt hatte, sagte in den 1980er-Jahren: »Abends, wenn ich im Bett lag, konnte ich oft die Gefangenen hören. Sie schrien und machten Lärm.«
Da die Insel ein Hochsicherheitsgefängnis war, schlossen die dort lebenden Familien nie ihre Türen ab.

DER BRIEF, DEN MIR ELEANOR nach New York geschickt hatte, war auf einem beigen Papier geschrieben. Sie schrieb immer auf solchem Papier. Dünn, fast durchsichtig, wie aus alten Gebetsbüchern. Ich

hatte keine Ahnung, wo man solches Papier überhaupt kaufen konnte. Drei eng beschriebene Blätter, zweimal gefaltet, in einem Kuvert, das ein wenig kleiner war als gewöhnliche Kuverts. Ich trug ihn in der Innentasche meiner Jacke und kontrollierte von Zeit zu Zeit, ob ihn der Dauerregen nicht schon aufgeweicht hatte.
Die letzte Etappe meiner Observierung war ein relativ langer Fußmarsch. John Anglin wohnte acht Blocks entfernt von seinem Laden.
Und während ich hastig durch die absolute Schwärze der wind- und regengepeitschten Straßen New Yorks stapfte, immer darauf achtend, meinen Mann und seinen kleinen Regenschirm nicht aus den Augen zu verlieren, gleichzeitig aber in einem einigermaßen sicheren Abstand zu ihm zu bleiben, immer mit Massen von lauten, drängelnden, hupenden Autos um mich herum, alle mit sich vergeblich abarbeitenden Scheibenwischern, da brach schlussendlich über mir die Welt zusammen. Wie zum Teufel war ich in diese Situation geraten? Ich folgte einem Hirngespinst. Ich folgte dem Hirngespinst eines Imbissladenbesitzers. Mitten in New York! Durchnässt bis auf die Unterhose! Ich sah zu, wie ein alter Mann, der bald sterben würde, seinen Regenschirm zusammenklappte, eine dunkle Haustür mit der Nummer 86 aufschloss, wo fünfzig andere Klingeln angebracht waren, zum größten Teil ohne Namen. Ich blieb unten auf der Straße stehen, bis oben im vierten Stock des alten Backsteingebäudes ein Licht anging, und ich reimte mir zusammen,

dass J-Dub sich jetzt vielleicht noch ein Bier einschenkte.
Was machte ich da? War das das Resultat meines Versuches, mich mehr der Realität zu stellen, anstatt in Gedankengebilden verloren zu gehen?
Vielleicht ist eine trostlose Straßenecke an der Grenze zu Greenwich Village nicht der richtige Ort, um über sein Leben nachzudenken. Ich tat es aber jetzt. Und ich weiß nicht, wie lange ich da gestanden habe. Nichts im Magen. Wasser in den Schuhen. Genau genommen gehörte mir nichts auf der Welt. Außer dem Brief einer Frau, die mich verlassen hatte. Vielleicht einer der schönsten Briefe, die ich je bekommen hatte. Dass sie jetzt in der WG bei Nina in Altona wohnte, hat sie geschrieben. Einer Freundin. Dass ihr der neue Job im Pressebüro vom Tierpark Hagenbek gut gefiel. Aber vor allem hat sie über mich geschrieben. Dass sie mir gern geholfen hätte. Und nie wusste, wie. Sie schrieb über meine Unbeteiligtheit. Distanziertheit. Das Gefühl, dass ich nie wirklich etwas eingesetzt hätte. Etwas riskiert hätte. Und sie schrieb von meinen Ängsten. Dass es ihr so vorgekommen wäre, als hätte ich mich in diesen Ängsten häuslich eingerichtet. Ich hatte meine Decke dort, meine Möbel und meinen Ofen. Und ihr hatte ich nur die Wahl gelassen, dort einzuziehen.

Der Taxifahrer, der mich zurück zum Luncheonette brachte, hatte eine rote Pudelmütze auf. An mehr von ihm erinnere ich mich nicht. Aber ich weiß noch genau, was ich auf dieser Fahrt gedacht habe. Mein Vater war mir eingefallen. Und eine andere Situation, in der ich verzweifelt gewesen war. Ich war noch klein, zehn vielleicht. Und seit einigen Wochen waren meine Schultage Horrortrips gewesen. Ich war der Arschausputzer von zwei Klassenkameraden geworden. Einem großen Palästinenser und einem großen Ägypter. Die bekannt waren für die Prügel, die sie austeilten. Und für die ich alles erledigte, was sie anordneten. Ich brachte ihnen sogar Essen mit in die Schule. Man lachte über mich. Zu Hause hatte ich es niemandem erzählt. Und eines Nachts, als ich es einfach nicht mehr aushielt und nur noch weinte, tastete ich mich schließlich im dunklen Wohnzimmer zur Couch, wo mein Vater schlief. Er schlug ziemlich oft sein Nachtlager dort auf. Weil es ihm lieber war, als dreimal in der Nacht von meiner Mutter geweckt zu werden, weil er, wie er sich ausdrückte, angeblich schnarchte. Jetzt war ich es, der ihn aufweckte. Und ich redete ohne Punkt und Komma ins Dunkle, wurde alles los. Mein Vater war eigentlich überhaupt nicht der Typ für gute Ratschläge. Deshalb erinnere ich mich so gut an seine überraschend klare Stimme in dieser Nacht. »Du musst damit aufhören«, sagte er. »Lass dich verprügeln. Prügel tun nämlich nie so weh, wie man vorher denkt. Die Angst davor ist viel schlimmer. Du darfst dich nicht zum Affen machen!« Mir kam es so vor, als wüsste er genau, wovon er da sprach. Ich erlebte eine andere Seite von ihm. Ich hätte mir nie vorstellen können, dass er einmal verprügelt worden war. Jedenfalls weinte ich nicht mehr, als ich wieder in meinem Bett lag. Und es war klar, dass sich nach diesem Gespräch etwas ändern würde.

So richtig verprügelt haben sie mich dann auch gar nicht. Ich habe nur von dem Ägypter zwei harte, erniedrigende Ohrfeigen kassiert. Aber sie haben erstaunlich wehgetan.

Ich weiß noch genau, dass ich das Taxi zwei Häuser vor dem Luncheonette halten ließ. Weil ich keine Lust auf Jimmy und seine Jungs hatte und auf die Frage, was ich bei dem herrlichen Wetter an meinem freien Tag so unternommen hätte.

Ich weiß noch, dass ich mich hoch in die Wohnung schlich, duschte und einen Entschluss fasste: An diesem Abend war das Alcatraz-Abenteuer für mich zu Ende. Morgen früh um sieben würde ich, so sicher wie die aufgehende Sonne, im Luncheonette auflaufen, gut gelaunt meine Hamburger braten und nebenbei ganz neue Dinge in New York entdecken. Und bei Gelegenheit würde ich das Jimmy auch sagen müssen. Diesen Mut musste ich aufbringen.

Heute, da ich an meinem Schreibtisch in Hamburg sitze, Jimmys Unterlagen vor mir, und an diesen Sommer zurückdenke, frage ich mich, ob ich das wirklich geschafft hätte. Mein Blick wandert über die Fotos. Seine Aufzeichnungen. Seine Listen. Und bleibt schließlich an etwas hängen, was ich erst ziemlich spät von ihm präsentiert bekam.

Einmal saßen wir gemeinsam an seinem Tisch im Wohnzimmer, und ich fragte ihn: »Wieso sind eigentlich die Katzengitter vor dem Fenster, wenn du gar keine Katzen hast?«
»Elaine«, sagte er nur. »Hat zwei Jahre hier gewohnt. Hat einen Haufen Krempel dabeigehabt und zwei Katzen. So vornehme, die nicht raus dürfen. Hat dann auch alles wieder mitgenommen. Nur die Gitter hat sie dagelassen.«
Mit dem Blick auf eine besonders schöne, silberne Schale mit einem Kerzenensemble darauf sagte ich: »Sieht so aus, als wäre dir von jeder deiner Frauen irgendwas geblieben.«
»Kann sein«, sagte er. »Kann gut sein.«
»Von meiner Mutter auch?«
Er stand auf, ging hinten in sein Schlafzimmer, tat irgendwas, was sich anhörte, als würde er eine Schublade öffnen, und warf mir auf halbem Weg zum Tisch etwas Graues, Wuscheliges, Weiches zu. Irgendwann einmal war das ein Stofftier gewesen. Aber was für eines?
»Deine Mutter hat behauptet, das ist ein Maulwurf. Stammt aus einem Souvenirshop.«
Die Meinungen, wie gut Kinder über ihre Eltern Bescheid wissen, gehen ja weit auseinander. In diesem Moment war jedenfalls klar: So, wie ich meine Mutter kannte, waren Stofftiere Lichtjahre von ihrem Universum entfernt.
Ich nehme den grauen Maulwurf in die Hand und stelle ihn bei mir aufs Fensterbrett.

Auf der Insel Alcatraz gab es unter anderem:
Einen Anlegepier, Wohnhäuser, eine Kaserne, einen Paradeplatz, das große Haus des Direktors, einen Leuchtturm, eine Reparaturwerkstatt, eine Militärkapelle, eine Leichenhalle des Militärs, ein Freizeitgelände, ein Kraftwerk, ein Industriegebäude, zwei Nebelsignalgebäude, das Zellhaus, einen Wasserturm, ein Gartengebiet für Kinder und einen Agavenpfad.
Und die Insel beherbergt noch immer eine der größten Seemöwenkolonien der Nordküste Kaliforniens.
Das einzige dort lebende Säugetier ist eine Feldmaus. Die einzige Amphibie ist der kalifornische Salamander.

JIMMY STARB an einem Montagnachmittag. Es war gegen halb drei, als er das Luncheonette verließ. »Ich bin kurz oben«, sagte er.
Es war Zac, der anderthalb Stunden später meinte: »Sagt mal, wo bleibt eigentlich der Boss?« Und schließlich loszog, um ihn zu holen.
Ich werde den Blick nie vergessen, mit dem er eine Minute darauf wieder in der Tür stand und uns ansah. »Tony, Francis! Ihr müsst mitkommen! Schnell!« Und dann gingen wir gemeinsam nach oben. Die Haustür war noch angelehnt.
Ich weiß nicht, ob ich den Empfindungen, die ich in meiner Erinnerung mit diesem Moment verbinde, trauen kann. Jedenfalls entsinne ich mich daran, dass es mir augenblicklich, als wir den Gang und somit das

Wohnzimmer betraten, so vorkam, als wäre mit allen Dingen in diesem Appartement etwas geschehen. Die Schuhe am Boden, die Filzpantoffeln, in denen ich mir Jimmy nie so recht hatte vorstellen können, ich wusste nicht einmal, ob es seine waren, die Fotos seiner Jungs an der Wand, die Serie von Schwarz-Weiß-Aufnahmen, die alte Fischer aus verschiedenen Kontinenten zeigten, das Gemälde von Dorothy mit dem ausgebeulten Chevrolet auf einer Raststätte im Niemandsland, das Schild mit den Schlüsselhaken und der Aufschrift *Turpentine Girls,* die ordentlich auf der Ledercouch zusammengelegte, schwere, dunkelbraune Wolldecke, der große Glastisch mit den beiden Computern darauf, dem Wust von Papieren, der Kabelsalat unter dem Schreibtisch, über den sich Dorothy so oft amüsiert hatte, der einige Zentimeter über der Tischplatte etwas schief an einem Nagel aufgehängte Jahreskalender mit den Elefantenbildern, auf dem in diesem Monat ein Kalb zu sehen war, dass zwischen den Beinen der Mutter Unterschlupf vor dem Regen findet, der bunt gestreifte Teppich auf dem dunklen Holzboden mit seinen ausgefransten Enden, der Fernseher, noch mit Bildröhre, die Zeitschriften auf dem Fernsehtisch, *Interview, Time Magazine* (Dorothy), *Digital Photo, Oldtimer* (Jimmy), samt einem tschechischen Wörterbuch, von dem ich nicht sagen konnte, wie es dort hingelangt war, der Gummibaum daneben in dem gelben Topf, der Ohrensessel mit mintfarbenem Stoffbezug, die in allen Ecken des Wohnzimmerbodens zusammengescharten abstrus anmutenden Werkzeuge und Gerätschaften: Zangen, Bohrmaschinen, ein Mikroskop, die große Stehlampe aus Messing, die vier hohen Fenster, die auf die Feuertreppe hinausgingen, die rostigen Haken, mit denen man die Fenster, wenn man sie öffnete, festmachen konnte, Jimmys CD-Sammlung auf dem ansonsten leeren Bücherbord, die aus ein paar wenigen Alben mit südamerikanischer Rhythmusmusik und vier Jazzklassikern bestand, die Küche, der Kühlschrank, der Messerblock, der schwarze Brotkasten, die Cornflakespackung auf der Anrichte, das alles wirkte verändert. Als wäre Licht entwichen. Farbe.

Jimmy saß auf seinem Platz an dem langen Esstisch. Der Kopf war ihm auf die Brust gesunken. Aber man konnte sehen, dass seine Augen offen waren. Vor ihm auf dem Tisch lag eine aufgeschlagene Zeitung mit Kleinanzeigen. Eine davon war mit einem Kugelschreiber eingekreist. Der Kugelschreiber lag am Boden. Die Anzeige lautete: Drei Bernhardiner-Babys umsonst abzugeben.

So ging mein Sommer in New York zu Ende. Mit einer Polizeisirene, einem Mann, der sich als Gerichtsmediziner vorstellte, einem Leichenwagen, einer weinenden Künstlerin aus Texas.

Jimmy war schon lange abtransportiert, da saß ich immer noch an dem langen Tisch, das Bild seines toten Gesichtes vor Augen.

Ich hatte zuvor nur einmal in meinem Leben einen toten Menschen gesehen. Meinen Großvater, den Vater

meiner Mutter. Ich war noch ziemlich klein gewesen. Und ich hatte mich nicht an den offenen Sarg in der Aussegnungshalle herangetraut.
»Du musst keine Angst haben«, hatte ein alter Freund meines Großvaters zu mir gesagt. »Weißt du, ein toter Mensch ist wie ein Saal, in dem ein Fest zu Ende gegangen ist. Ein rauschendes Fest. Die Menschen sind alle fort, um irgendwo anders weiterzufeiern. Und schau, so ein leerer Saal hat doch was ganz Friedliches. Die Luftschlangen, die Gläser, die Musikinstrumente und die Stille.«

Ich blieb noch zwei Tage und zwei Nächte in New York. Die Tage verbrachte ich mit langen Spaziergängen durch die Stadt. Dorothy hatte mir die Absolution erteilt: »Tony, du warst sein Gast. Behalte deine Erinnerung. Belaste dich nicht mit dem Mist, der jetzt anfällt. Zeig mir, welche Sachen du von ihm gern mitnehmen würdest, und fahr bald nach Hause!« Dabei hatte sie mich ganz fest in den Arm genommen.
Sie hatte mir damit ein Geschenk gemacht. Mir blieben die Gänge zum Bestatter erspart, die Formalitäten der Leichenfreigabe durch die Gerichtsmedizin, Hausvermietergespräche, Storno von Luncheonette-Lieferungen, Auflösung von Bankkonten.
Die Nächte verbrachte ich mit viel Alkohol inmitten unserer kleinen Crew. Das Luncheonette war zugesperrt, und wir saßen drin. Murdock, Zac, Francis und ich. Allesamt Leute, denen in diesen beiden Nächten

klar wurde, dass sie nicht wussten, wie sie jetzt in ihrem Leben weitermachen sollten, wie sehr ihnen ihr mexikanischer Kapitän fehlte. Es war, als würden wir unsere kleine Barke verteidigen wollen, obwohl sie schon längst verloren war.
Dorothy kam nur sporadisch vorbei, um nach uns zu sehen. Murdock sagte einmal zu ihr: »Du kannst doch weitermachen hier, Dorothy! Du wärst eine gute Chefin. Kunst bringt doch eh keine Kohle.«
Zac und Francis bedachten ihr Supermodel mit einem überraschten Blick. Dorothy selbst sagte nichts dazu.
Plötzlicher Herztod war Jimmys Todesursache. Einer dieser kleinen, gemeinen, medizinischen Defekte, deren Ursache bis heute nicht wirklich geklärt ist. So viel steht fest: Gelitten hat er keine Sekunde.
In meiner letzten Nacht musste ich sagen, was ich mitnehmen wollte. Ich hatte ja gar keine Wahl. Was ich mitnehmen wollte, ließ sich in zwei Worten ausdrücken. Hinter dem einen Wort verbarg sich ein riesiges Geflecht aus unterschiedlichen Menschen, unterschiedlichen Zeiten, unklarer Faktenlage und einem kleinen Stück amerikanischer Geschichte: Alcatraz. Hinter dem anderen eine Liebesgeschichte, die in San Diego begann: Maulwurf.
Im Hinblick auf Jimmys umfangreiche Materialsammlung fragte Francis:
»Hast du überhaupt so einen großen Koffer?« Und Zac öffnete eine Schublade im Luncheonette unter der Spüle und förderte ein kleines, schwarz-weißes Foto zutage.

»Dann musst du das auch mitnehmen«, sagte er.
Das Foto zeigte einen schlanken Mann, der ein Kind an der Hand hatte, einen Jungen. Es war aufgenommen an einer Straßenecke. Der Junge hatte schwarze Haare und blickte stolz in die Linse des unbekannten Fotografen.
Zac drehte das Foto um und deutete auf die Beschriftung.
Jimmys steile Handschrift: »Frank und ich«

Im Februar des Jahres 1963 ordnete Senator Robert F. Kennedy an, die Haftanstalt von Alcatraz zu schließen. Wind und Wetter hatten den Gebäuden zugesetzt. Der Unterhalt der isolierten Strafanstalt war zu aufwendig und zu hoch. Angeblich kostete das Inselgefängnis so viel wie alle übrigen amerikanischen Bundeshaftanstalten zusammen. Und Anfang der 1960er-Jahre erhielten Gefängnisreformer, die sich verstärkt für Rehabilitation und gegen Isolierung aussprachen, großen Zuspruch.
Nach fast drei Jahrzehnten hatten 1576 Gefangene in der Haftanstalt von Alcatraz ihre Strafe abgesessen. Eine geringe Zahl, verglichen mit der Fluktuation in anderen Gefängnissen.
Das Zellhaus war nie vollständig belegt. In der Regel waren dort 260 Häftlinge untergebracht, der Höchststand war 302.
Es gab jedoch 336 renovierte Zellen.
Die Gefangenen blieben durchschnittlich acht bis zehn Jahre auf dem Felsen.

Innerhalb der 29 Jahre, in denen Alcatraz als Gefängnis genutzt wurde, ereigneten sich 14 Fluchtversuche von insgesamt 36 Insassen. 23 von ihnen wurden gefasst, sechs erschossen, zwei ertranken und fünf wurden niemals wiedergesehen.

Mexiko-City,
Montag, 08. Mai 1965.

SELTSAMERWEISE HATTE DER AMERIKANER nicht das geringste Gefühl von Gefahr, wenn er mit dem Jungen redete. Wenn er ihm alles haarklein erzählte. Wenn er seine eigene Regel brach.

Niemals, hatte er den beiden anderen Männern eingeschärft, dürft ihr auch nur ein einziges Wort sagen. Wenn einem etwas Besonderes gelungen ist, will man davon erzählen. Früher oder später. Und genau das ist das Verhängnis.

Er hatte an diesem Abend keine Lust, sich in die Bar von dem schwitzenden Phillipe zu setzen, dessen Brandy sowieso zu warm und zu teuer war.

»Lass uns ein paar Schritte gehen«, sagte er zu Juan Ignatio, nahm den Kleinen an der Hand, und so stapften sie die enge, wimmelnde Straße hinunter, die er inzwischen auswendig kannte, weil sie direkt zu dem Platz führte, wo er im Dachgeschoss sein Zimmer hatte, mit dem schrägen Fenster und der klebrigen Jalousie.

Es wurde langsam Zeit, von hier zu verschwinden,

dachte er, während er die Geschichte wieder aufnahm, von den drei Männern und ihrer unglaublichen Flucht von einer Gefängnisinsel.

»Woher weißt du das alles so genau?«, fragte der Junge.

»Sie haben es mir erzählt.«

»Also, sie haben's geschafft?« Juan Ignatio blieb stehen. Mit weit offenen Augen blickte er nach oben in das Gesicht des Amerikaners.

Der lächelte.

»Klar. Das Floß hat gehalten. Die Nacht war dunkel. Die Strömung … ach, die Strömung!« Er machte eine wegwerfende Handbewegung.

Er kaufte dem Jungen eine Cola. Er kannte ihn jetzt seit zwölf Tagen. Ein paar selbst gemachte Sandalen aus Autoreifen hatte der Kleine ihm zum Kauf angeboten. Er mochte ihn.

Nancy hätte es gefallen, dass er so viel Zeit mit ihm verbrachte. Vielleicht hätte sie es ihm gar nicht zugetraut. Nancy. Es hat ja mal ein paar Monate gegeben, da war die Polizei nicht hinter ihm her gewesen. Da waren sie so etwas wie ein normales Paar gewesen. Da waren sie spätabends zusammen in der angenehmen Herbstfrische im Laternenlicht, manchmal unter den leisen, einsamen Tönen, die ein Gitarrenspieler erzeugte, durch die erhabenen und, wie sie es einmal ausgedrückt hatte, auch ein bisschen wie mit einem seltsamen Bann belegten Straßen von New Orleans spaziert. Sie hatte sich beim Gehen immer mit ihren zierlichen, behandschuhten Händen an seinem rechten Arm untergehakt und hatte von Kindern geredet, die sie sich wünschte. Aber dann hatte er eben wieder Scheiße gebaut. Scheiße mit einer doppelläufigen Flinte, einem 16er-Kaliber, und mit Acetylenfackeln, in der Filiale einer Union Planters Bank, in Slidell, Louisiana, und Nancy durfte ihn wieder im Knast besuchen.

Verstand der kleine Junge schon etwas von der Liebe?

Sie gingen weiter. Der Junge schlürfte seine Cola.

Was machen wir, wenn sie nicht da ist? Immer wieder hatte Clarence Anglin diese Frage in die Nacht gestellt. Und immer wieder hatte er zur Antwort bekommen: Sie wird da sein. Und als die drei Männer bei Sausalito schließlich ins eiskalte Wasser mussten, um das beschädigte Floß an der verabredeten Stelle an Land zu ziehen, blieb alles dunkel. Es dauerte bestimmt zehn quälende Minuten, bis eine Taschenlampe aufleuchtete.

»Nancy?«

»Frank?«

Der kleine Junge benötigte eine Weile, um zu begreifen, was der Amerikaner ihm da erzählte.

»Sie hatten also einen Komplizen?«

»Eine Komplizin«, antwortete er.

Verstand der Junge schon etwas von der Liebe?

Einer Liebe, die über Jahre anhalten kann? Obwohl sie immer wieder getreten wird wie ein Hund am Straßenrand? Nie ein Zuhause hatte? Sich von Worten ernähren musste, die aus Gefängniszellen geschmuggelt

wurden? Schließlich von Unbekannten überbracht? Oder schriftlich hingekritzelt auf Zettel?
Als die Sonne sich anschickte, unterzugehen, an diesem heißen Tag in Mexico-City, bog das sonderbare Gespann wieder um die Ecke von Phillipe Garcias Bar. Der Amerikaner bestellte dann doch noch eine Flasche Brandy, drückte Phillipe Garcia seinen Fotoapparat in die Hand und sagte:
»Knips uns zwei mal!«
Und dann steckten der Junge und er wieder lange die Köpfe zusammen.

JIMMYS VERSION vom gelungenen Ausbruch: Zu dem ausgeklügelten Plan der Gefangenen gehörte etwas, das die Polizei niemals herausgefunden hat. Frank Lee Morris' Geliebte Nancy Kjellvander wartete in einem Dodge-Lieferwagen an einer kleinen Bootsanlegestelle in der Nähe von Sausalito. Der Wagen gehörte ihrer älteren Schwester, die im Stadtteil Pacific Heights von San Francisco wohnte. Nancy verstaute die drei durchnässten Männer und die Reste des Floßes im Lieferwagen, fuhr über die Golden Gate Bridge zurück in die Stadt, parkte den Wagen in der Garage ihrer Schwester und verstaute die drei durchnässten Männer und die Reste des Floßes im Keller. Als am Morgen darauf auf der Gefängnisinsel der Ausbruch entdeckt wurde und die Alarmsirenen ansprangen, als bewaffnete Männer ausschwärmten, in Boote sprangen, Hubschrauber

über der Bucht kreisten, Polizisten Straßensperren errichteten – da waren Morris und die Gebrüder Anglin schon wie vom Erdboden verschluckt.
Ein Dreivierteljahr lang, bis zum nächsten Frühling, blieben die drei im Keller der verwitweten Samatha Gace, geborene Kjellvander, und als sie das erste Mal wieder herauskamen, sahen sie verändert aus, und jeder ging seines Weges.
Nancy Kjellvander kam drei Monate später, fast auf den Tag genau ein Jahr nach dem Ausbruch, bei einem Zugunglück ums Leben.

ALS DER GRINGO, der so gutes Spanisch sprach, an diesem Montagabend im Mai des Jahres 1965 den kleinen Jungen, den er Jimmy nannte, schließlich nach Hause und ins Bett schickte, gab er ihm noch einen Ratschlag. Es war einer dieser Ratschläge, denen lauwarmer Brandy den Weg bereitet:
»Das musst du dir merken, mein Junge, fürs ganze Leben! Geh immer dahin, wo die Liebe ist! Das haben die Cops nicht kapiert. Wenn du nicht weiterweißt, wenn du irgendwas suchst – die Liebe ist immer die heiße Spur!«

Im November 1969, viereinhalb Jahre nach Schließung der Haftanstalt, war die Insel Alcatraz noch einmal Gegenstand des öffentlichen Interesses. Als eine Gruppe

von indianischen Aktivisten die Insel demonstrativ im »Namen der Indianer aller Stämme« besetzte. Die Besetzung dauerte bis Juni 1971 an, als staatliche Sicherheitsbeamte die wenigen auf der Insel verbliebenen Männer und Frauen abtransportierten.
Mittlerweile steht Alcatraz unter Natur- und Denkmalschutz. Und wurde zu einem Museum umfunktioniert, das zu den größten Touristenattraktionen San Franciscos zählt, mit jährlich über einer Million Besuchern.

Als Frank Weatherman am 21. März 1963 als letzter Gefangener die Insel verließ, sagte er:
»Es ist ein Segen, diesen Ort verlassen zu dürfen. Der Felsen war für niemanden gut. Nicht eine Menschenseele.«

MEINE ABREISE AUS NEW YORK fiel auf einen Donnerstag. Es war der 24. August 2006. Ich weiß noch, dass ich morgens beim Zähneputzen dachte: Donnerstag, der Tag, an dem Jimmy immer abends mit seinen Mexikanern zusammengekommen war.
Draußen lag ein strahlender, warmer Sommermorgen über der Stadt. Ein leichter Wind fuhr in die in der Sonne leuchtenden Blätter der Weide vor dem Haus und ließ sie rascheln. Es war einer der Tage, an denen man, wenn man aus dem Fenster sieht, das Gefühl hat, alles im Leben würde immer nur blühen, niemals verwelken.

Um Punkt 10:00 Uhr marschierten vor dem Laden mit der grünen Markisenhaube, auf der in weißer Schrift *Jimmy's Grill & Luncheonette* zu lesen war, vier Menschen auf, um mir Lebewohl zu sagen. Murdock, Zac, Francis und Dorothy. Als Erstes verabschiedete ich mich von Francis.

Er umfasste meine Rechte mit seinen beiden warmen, groben Händen und sah mir dabei fest in die Augen. Es war das erste und einzige Mal, dass ich ihn um diese Uhrzeit ohne Schiffchenmütze auf dem Kopf sah.

»Mach's gut, Junge!«, sagte er. »Ich fand's sehr schön, dass du hier warst. Pass auf dich auf! Und meld dich mal, wenn du willst.«

Als mich Zac, der eine helle Jeansjacke anhatte, umarmte, sagte er: »Du kannst ja vielleicht in Deutschland einen Imbiss aufmachen. Du weißt ja jetzt, wie's läuft.« Und er sagte es ein bisschen so, als ginge er davon aus, dass in meinem Heimatland noch nie jemand auf diese Idee gekommen war.

Murdock, schon beinahe wieder so freudestrahlend wie vor Jimmys Tod, meinte schließlich: »Ja, wenn die da bei euch alle so sind wie du, muss ich dringend mal rüberfliegen.« Er verpasste mir einen leichten Schlag gegen die Schulter und fügte hinzu: »Hey, und bevor ich's vergesse! Ich hab nachgeschaut. *Johanna and the Tits* touren im Herbst durch Europa!«

»Prima«, entgegnete ich.

Dorothy nahm mein Gesicht in ihre Hände und küsste mich auf die Stirn.

Sie hatte an diesem Morgen ein schlichtes, schwarzes Sommerkleid an. Sie war ungeheuer bleich und sah aus, wie Menschen eben aussehen, die ihre Tage gerade nur mehr mit Weinen zubringen können.

»Ich hoffe, diese Wochen gehen schnell vorbei«, sagte ich unsicher.

Sie lächelte schwach.

Zögerlich fuhr ich schließlich fort: »Vielleicht stellst du dir bei diesen Sachen, um die du dich jetzt kümmern musst, vor, Jimmy wäre da und würde dir dabei zuschauen. Das hilft … möglicherweise.«

Sie sagte: »Ich glaube, er würde sich köstlich darüber amüsieren, weil ich jetzt diesen ganzen Scheiß machen muss.«

»Ich weiß nicht«, meinte ich, schon bereit zum Aufbruch, »ich glaube, er fände es sehr toll, wie du das alles meisterst.«

Mit sehr wackeligen Schritten überquerte ich dann die 22ste Straße. Mit meiner schwarzen Reisetasche in der linken Hand und einer alten, schon eingerissenen, großen und ziemlich schweren Umzugskiste auf meiner rechten Schulter, prall gefüllt mit Jimmys Material, aus dem Blickwinkel der meisten Menschen aus betrachtet nichts als sinn- und wertloser Krempel.

Ich weiß noch, dass ich mich nicht mehr umwandte.

Um nicht vollständig von Trauer übermannt zu werden, versuchte ich angestrengt, meinen Blick nach innen zu richten. Nichts von den Dingen um mich her wahrzunehmen. So wenig wie möglich von der Straße zu sehen, die während dieses einen Sommers mein Zuhause gewesen war. Das war natürlich vergebens. Ich *sah* das Parkhaus auf der anderen Straßenseite und den davor im Stehen gegen die Wand gelehnten Pat, der mittlerweile erfahren hatte, was mit Jimmy geschehen war, und zu mir hinüberschaute und so aussah, als überlege er, ob er sich von mir verabschieden sollte. Was er dann glücklicherweise nicht tat. Ich *sah* mein schwarzes Musikerpaar, das genau in diesem Moment auf dem Gehsteig an Pat vorbeimarschierte, mit ihren Sonnenbrillen und ihren dicken Bäuchen, er in einem schwarzen Anzug und sie in einem violetten Kleid. Sie nahmen mich nicht wahr. Sie marschierten recht schnell, und es hatte ein wenig den Anschein, als wären sie in eine kleine Debatte verstrickt.

Als ich langsam auf den rollenden Verkehr auf der sechsten Avenue zusteuerte, fiel mir ein Satz ein, den ich einmal in einem Buch von Toni Morrison gelesen hatte: Es ist ein reiner Glücksfall, wenn uns jemand fehlt, lange bevor er uns verlässt oder wir ihn verlassen haben. Und in diesem Augenblick, in dem es mir so schmerzlich war, die Gegenwart von dem kleinen Haus hinter mir, in dem mein Onkel Jimmy gewohnt hatte, so deutlich zu spüren, obwohl ich ihm den Rücken zuwandte, dachte ich: Das gilt für Menschen genauso wie für Orte.

Ich bemühte mich dann darum, meine Gedanken bereits voraus weit über den Ozean auszusenden, bis hin nach Hamburg. Ich musste etwas finden, das mir Trost schenkte, also dachte ich an mein winziges gemütliches Schlafzimmer dort, mit dem großen Bett, das fast den gesamte Raum einnahm, die flauschige Decke und die hellen Bezüge, die mir meine Mutter geschenkt hatte. An meine Astronomie-Bücher, meine DVDs. Und vor allem versuchte ich an Eleanor zu denken. An das Telefonat, das ich am Abend zuvor mit ihr geführt hatte. Daran, wie freudig ihre Stimme geklungen hatte. Ich hatte sie mitten auf der Straße von einem öffentlichen Telefon aus angerufen. Es war nur ein sehr kurzes Gespräch gewesen. Irgendwann gingen mir die Münzen aus. Aber wir hatten festgehalten, dass wir uns treffen würden, sobald ich wieder in Hamburg war.

Eines allerdings hatte ich hier in New York noch zu erledigen.

Ich erreichte die Kreuzung 22ste Straße und siebte Avenue und wandte mich nach links.

Als Bill, der in einem schwarzen T-Shirt mit einem grünen Baum darauf wieder auf dem Klappstuhl vor seinem Laden *Bill's Bags and Suitcases, Industries* inmitten seiner an Haken vor dem Fenstern befestigten Taschen und den unzähligen, auf den Gehsteig drapierten Koffern saß, mein Näherkommen bemerkte, blickte er mir zaghaft und mit hoffnungsvollen Augen entgegen. Ich trat wankend mit meiner schweren Last an ihn heran. Dann bückte ich mich, um den Umzugskarton auf dem Boden abzustellen. Ich öffnete ihn vor seinen Augen, kramte ein paar Papiere daraus hervor, hielt sie in die Höhe. Ich schaute ihn an, sah ihn dort sitzen, auf dem einzigen freien Meter vor dem Laden, der nicht von seinem Inventar überwuchert war. Ich konnte es mir einfach nicht verkneifen, ihn zu fragen: »Do you have a suitcase?«

Bill erhob sich, trat einen Schritt vor, lächelte ein wenig und sagte: »Sure.«

Diese Geschichte ist frei erfunden.
Es gibt in Manhattan einen Imbiss, der meine Fantasie anregte. Dafür bin ich ihm und den Menschen, deren Leben in welcher Form auch immer daran geknüpft sein mögen, von Herzen dankbar. Trotzdem möchte ich klarstellen, dass dieser Imbiss nichts mit jenem aus der Geschichte und den darin auftretenden Personen zu tun hat. Ich bin mir sicher, dass dort auch eher selten das Thema »Alcatraz« zur Sprache kommt.
Der sogenannte große Ausbruch, bei dem die drei Männer Frank Lee Morris, John Anglin und Clarence Anglin am 11. Juni 1962 aus dem Inselgefängnis entkamen und anschließend nie mehr gesichtet wurden, hat sich tatsächlich ereignet.
Der Ausbruch allerdings, wie er hier geschildert wird, sowie alles, was damit einhergeht, vollzieht sich auf eigene, dem erfundenen Roman untergeordnete Art und Weise.